Nordsee-Voodoo

W0220822

Für Michael

Angelika Singer

NORDSEE-VOODOO

St. Peter-Ording-Krimi

Engelsdorfer Verlag
2011

Das vorliegende Buch ist ein fiktives Werk.
Alle Namen, Figuren und Vorkommnisse entspringen der Phantasie der Autorin.
Ähnlichkeiten mit lebenden oder verstorbenen Personen wären rein zufällig.

Bibliografische Information durch die Deutsche Nationalbibliothek: Die Deutsche Nationalbibliothek verzeichnet diese Publikation in der Deutschen Nationalbibliografie; detaillierte bibliografische Daten sind im Internet über http://www.d-nb.de abrufbar.

ISBN 978-3-86268-233-1

Copyright (2011) Engelsdorfer Verlag Leipzig

Alle Rechte bei der Autorin
Coverfoto © frenta - Fotolia.com

Hergestellt in Leipzig, Germany (EU)
www.engelsdorfer-verlag.de

12,95 Euro (D)

1.

Ferdinand Egelmann goss gerade die Hortensien, als die Biene ihn ins Genick stach.

In der einen Hand weiter die Gießkanne haltend, schlug er mit der anderen nach dem Insekt, welches in den wulstigen Speckfalten seines Nackens steckengeblieben war.

Zu seiner Verwunderung ertastete er eine unerwartete Form zwischen seinen Fingern. Er zog das Insekt heraus. Dann hielt er es mit ausgestrecktem Arm – die Lesebrille lag irgendwo im Wohnzimmer – etwas von sich weg, fokussierte das Ding und erkannte überrascht, dass es keine Biene, sondern eine fein geschnitzte, hölzerne Pfeilspitze war. Diese war mit einer klebrigen Flüssigkeit überzogen, von der ein nicht geringer Teil soeben über seinen Nacken in den Blutkreislauf gelangte. Da, wo die elegant geschwungene Spitze sich wieder zum Holz verjüngte zierten fremdartige Zeichen das Teil. Ohne Brille vermochte er die Schrift, oder was immer das sein sollte, nicht entziffern. Egelmann wusste nicht, was er davon halten sollte. Er wollte sich umdrehen, den Garten nach dem Schützen absuchen, aber seine Gedanken wurden merkwürdig zäh, die Hand reagierte nicht mehr auf die Anweisungen des Gehirns und ließ die Pfeilspitze einfach fallen. Seine Motorik war nicht mehr kontrollierbar. Die Beine knickten ihm weg, als sei er eine fallengelassene Marionette. Da lag er nun zwischen Clematis und Hortensien, der Kopf schweißnass, die nachgefärbten, spärlichen dunklen Haare klebten am Schädel. Ein Schlaganfall, dachte er, das musste ein Schlaganfall sein. Wenigstens diese logische Verknüpfung des Geschehens brachte sein Gehirn noch zustande. Er konnte wie gewohnt Hören und

Sehen, aber nur noch zähflüssig Denken und sich nicht mehr bewegen.

Die Wirtschafterin! Die hatte eben noch die Terrasse mit Seifenlauge geschrubbt! Er brauchte also nur rufen: Frau Brausewetter – sofort hierher! Jedoch, die zurechtgelegten Worte formten sich nicht in seiner Kehle, stattdessen drang nur ein erstickter, gurgelnder Laut heraus. Keine Chance, dass die ihn hörte. Ratlos blickte Egelmann auf die über ihn wippenden Blütenköpfe der zartlila Clematis. Es hatte ihn also erwischt. Ein Irrer schoss hier mit Pfeilen herum und löste damit einen Schlaganfall bei ihm aus. Sicher waren das irgendwelche Lümmel. Feriengäste, die ihre nervenden Plagen durch das Reetdachviertel stromern ließen, um selbst Ruhe vor ihnen zu haben.

Die Insekten brummten und summten weiter um ihn herum, der leichte Seewind bewegte die Blumenköpfe und jenseits der Thujenhecke hörte er den Rasenmäher des Doktors. Das Geräusch des Motors erstarb, eine Autotür klappte und kurz danach entfernte sich das Fahrzeug. Der pensionierte Mediziner eilte bestimmt wieder seinem Hobby entgegen und würde stundenlang auf dem Golfplatz herumhampeln. Nicht ahnend, dass sein Nachbar gerade jetzt dringend medizinische Hilfe benötigte. Egelmann wohnte gerade mal zwei Jahre in seinem schmucken Reetdachhaus am Hummergrund und hatte bisher jeden Kontakt zur Nachbarschaft gemieden, aber nun, in seiner misslichen Lage, wünschte er sich nichts sehnlicher, als einen aufmerksamen und hilfsbereiten Nachbarn mit medizinischer Ausbildung. Also so einen wie Dr. Eichenwald. Beim Besichtungstermin registrierte Egelmann damals zufrieden die gut zwei Meter hohen, das Grundstück vollkommen abriegelnden Hecken. Natürlich nicht ahnend, dass er die einmal verfluchen würde.

Keine Chance auf schnelle Hilfe – die Brausewetter klapperte mit dem Schlüsselbund und schloss, wie ihr von Frau Egelmann aufgetragen, das Tor sorgfältig von außen ab. Er musste also ausharren, bis seine Frau Sonja nach Haus kam und ihn finden würde.

Seine bedeutend jüngere Frau ging tagsüber allein ihren Interessen nach. Manchmal konnte er sich des Eindruckes nicht erwehren, sie zeige sich nicht mehr so gern mit ihm in der Öffentlichkeit. Seit er sich der Siebzig näherte, wurde der Altersunterschied immer deutlicher sichtbar, auch wenn er immer mehr Tuben, Tiegel und Haarfarbe nutzte und die Spuren der Zeit zu verwischen suchte. Dreißig Jahre ließen sich nicht einfach kaschieren.

Wie würde Sonja auf seine missliche Lage reagieren? Ein angejahrter, vielleicht gar pflegebedürftiger Gatte blieb letztendlich nur eine Last. Unnützer Ballast, dessen man sich am besten schnell entledigte. Sie war eine egoistische und in erster Linie ökonomisch denkende Frau. Sentimentale Anhänglichkeit durfte er von ihr nicht erwarten.

Sie hatte viel von ihm gelernt.

Der Gartenboden dröhnte unter sich nähernden Schritten. Sonja. Nun würde er wenigstens in die Klinik kommen. Wenn dies schnell genug geschah, konnte viel gewonnen werden.

Die Hortensien neben ihm teilten sich und zwischen die blassblauen Blütendolden schob sich ein Gesicht. Das war nicht Sonja. Wer ist diese Alte, dachte er wütend, was wollte sie in seinem Garten und warum half sie ihm nicht wenigstens? Mühsam versuchte sein Gehirn, wüste Beschimpfungen zu produzieren, stattdessen drangen aus der Kehle wieder nur die gedämpften Gurgellaute. Die Alte blickte ungerührt auf ihn herab. In ihren Augen sah er etwas wie Genugtuung. Zum Teufel, warum setzt die sich nicht endlich in Bewegung und alarmiert den Rettungsdienst?

Aus der anderen Seite des Beetes schob sich ein schwarzer Kopf in sein Blickfeld. Ein Neger! Ein Neger in meinem Garten! Er glaubte, seinen Augen nicht zu trauen. Wie war der herein gekommen, die Brausewetter hatte doch eben deutlich hörbar das Tor abgeschlossen? Nun nickte der auch noch der Alten zu und ein weiterer Schwarzer tauchte hinter ihnen auf. Er, Ferdinand Egelmann, lag bewegungs- und sprachunfähig im Blumenbeet und in seinem Garten spazierten ungeniert die Nigger herum. Die Alte hob etwas vom Boden auf und reichte es dem ersten Neger. Der betrachtete es, nickte wieder und ließ es dann in die Jackentasche seines hellen Leinenanzuges gleiten. Während dessen trat der andere einen Schritt zurück und zog ein undefinierbares Stück Stoff aus dem Gebüsch. Die Schwarzen entfalteten das Teil und zu seinem Entsetzen erkannte Egelmann, dass es sich dabei um ein Art Leichensack mit Reißverschluss handelte. Die beiden Afrikaner bewegten sich lautlos und gleitend, scheinbar knochenlos grazil. Sie hoben ihn auf das Stück Stoff, Egelmann versuchte einen letzten protestierend-gurgelnden Laut, dann zog die Alte ungerührt den Reißverschluss über ihn zu. Es wurde dunkel. Er fühlte sich hochgehoben, über das Grundstück getragen und in einem Fahrzeug wieder abgelegt. In einer ihm fremden Sprache verständigten sich die beiden Männer kurz vor dem Fahrzeug stehend und fuhren los. Das einzige, was Ferdinands benebeltes Gehirn registrierte, war der Name des Einen. „Chinayi“ hatte ihn die Alte genannt.

Die gleichmäßigen Motorengeräusche der Fahrt machten ihm endgültig den Ernst der Lage bewusst. Der Schlaganfall schon eine Katastrophe an sich – die Entführung durch die Alte und ihre schwarzen Knechte unerklärlich. Egelmann kannte überhaupt keine Afrikaner.

Sonja Egelmann fuhr schwungvoll die Einfahrt zur Garage hinauf. Ihre Gedanken kreisten immer noch um die Gespräche mit der Kosmetikern. Botox ja oder nein? Das Zeug war eigentlich ein hochwirksames Gift, zur Faltenlahmlegung geradezu ein Segen. Nur – es galt die Prozedur halbjährlich zu wiederholen, sonst konnte man es gleich lassen. Es war nicht die Kostenfrage der Behandlung die sie beschäftigte, sondern die Gewissheit, dass sie, einmal damit angefangen, nicht einfach wieder damit aufhören konnte. Dann sah jeder erst recht, was los war.

Sie ärgerte sich, dass Ferdinand das Tor offen gelassen hatte, obwohl gerade er immer wieder darauf drängte, dass alle Zugänge geschlossen blieben. Sie nutzte die Fernbedienung und das Tor schloss sich wie von Geisterhand bewegt. Der Platz vor der Garage blieb durch die Biegung der zugewachsenen Hecke von außen uneinsehbar. Diese Gestaltung hatte sich positiv auf ihre Kaufentscheidung zugunsten des Grundstückes ausgewirkt. So konnten Einkäufe und Lieferungen ungesehen von der Nachbarschaft ausgeladen werden. Das Haus selbst entsprach dem für diese Gegend üblichen Baustil im hochklassigen Bereich.

Als Sonja und Ferdinand vor wenigen Jahren auf die Suche nach einem geeigneten Wohnsitz gingen, richtete sich ihr Interesse zunächst auf Sylt. Ernüchtert von den astronomischen Preisen ließen sie sich bereitwillig von einem Makler nach St. Peter-Ording umdirigieren.

Traumhafte Lage an der Westküste und im Vergleich zur Prominenteninsel geradezu erschwinglich.

Das Reetdachviertel machte seinem Namen alle Ehre – hier wurde nur gediegen im friesischen Stil gebaut. Die Nachbarschaft bestand überwiegend aus Managern der Wirtschaft, erfolgreichen Freiberuflern, Selbständigen und wohlhabenden Pensionären. Manches Haus stand zehn Monate im Jahr leer und beherbergte nur in der Hauptsaison seine gestressten Besitzer. Der Vorbesitzer des Hauses – ein Hamburger Reeder – führte sie selbst durch Haus und Grundstück und setzte anschließend die Verkaufsverhandlungen bei einem Essen im Ortsteil Bad fort. Der seriöse Reeder mit den feinen Manieren verlor fast die Haltung, als Ferdinand in seine ausbeulenden Hosentaschen griff, die geforderte Summe in eng zusammengerollten Scheinen zutage förderte und kommentarlos auf den Tisch legte.

So etwas war ihm noch nie passiert. Wieso bezahlte dieses ein wenig spießig wirkende Ehepaar eine solche Summe in bar? Völlig unübliches Geschäftsgebaren. Der Reeder reagierte schnell wieder gewohnt souverän, bat einen befreundeten Banker sowie seinen Notar hinzu und nachdem ersterer die Echtheit des Geldes bestätigt und ein handschriftlicher Vorvertrag unterzeichnet war, konnten Egelmanns bereits die Schlüssel in Empfang nehmen.

Sonja fand auch die Haustür unverschlossen vor. Demzufolge musste ihr Mann im Garten sein, denn die Lesebrille lag auf dem Fenstersims und auch die Straßenschuhe im italienischen Stil standen neben der Garderobe. Das großzügig geschnittene Haus verfügte im Erdgeschoss über einen Wohnraum mit Kamin neben einer blau-weiß lackierten offenen Einbauküche. Die zweiflügelige, mit Sprossen unterteilte Terrassentür öffnete sich zu einem mit Backsteinen belegten Sitzplatz, eingefasst von Blumenbeeten und Gehölzpflanzungen. Sie entriegelte die beiden Flügeltüren und schritt Richtung Garten. Die Backsteine der Terrasse glänzten noch etwas feucht, Frau Brausewetter schrubbte sie immer besonders gründlich, um jeden Anflug von Moos zu verhindern. Die Egelmann fand ihren Gatten weder bei den Hortensien, noch bei den Rosen. Auch ein wiederholter Gang durch die Garage sowie die oberen Räume des Hauses blieb erfolglos. Weder im geräumigen Bad noch in der Sauna hielt Ferdinand sich auf. Das Schlafzimmer schien er seit dem Morgen nicht mehr betreten zu haben, die Zimmer der Kinder unberührt. Ratlos setzte sie sich in den Teak-Holz-Liegestuhl, blinzelte in die Sonne und beschloss, einfach mit dem Essen so lange zu warten, bis er wieder auftauchte.

Im Laufe des Nachmittages wich die leichte Verärgerung einer immer deutlicher werdenden Wut. Nicht genug, dass Ferdinand es für unnötig erachtete, sie über seine Abwesenheit während der Mittagszeit zu informieren, nein, nun begann es bereits Abend zu werden und noch immer meldete er sich nicht. Ihre Anrufe und Kurznachrichten blieben unbeantwortet.

Höchstwahrscheinlich war jemand vorbei gekommen, dem er sich eiligst anschloss. Aber wer? Sie pflegten in dem Nordseeheilbad weder Bekanntschaften noch Kontakte. Doch: neulich im Strandkorb! Sie kam gerade vom Zigarettenholen zurück, als sie ihren Gatten im angeregten Gespräch mit einer Dame antraf. Die gepflegte Erscheinung musste so etwa in seinem Alter sein und anscheinend nicht unvermögend. Sonja taxierte unauffällig deren Schmuck und musste zugeben, dass die Kombination Badeanzug zu Brillanten zwar ungewöhnlich aber wirkungsvoll war. Jedenfalls kam die Dame aus Frankfurt. Frankfurt am Main, versteht sich. Verwitwete Unternehmergattin. Leider kinderlos. Sie riet Ferdinand, nachdem sie dessen breitgliederige, in den Speckfalten seines Nackens ruhende Goldkette begutachtet hatte, zu Platin. In ihren Kreisen trug man Platin. Sonja registrierte mit Verwunderung, wie ihr sonst so maulfauler Gatte munter Konversation machte. Beim Thema Gesundheit stellten die beiden schließlich fest, dass sie quasi Leidensgenossen waren. Auch Egelmanns Leber machte Probleme. Ob bei der Witwe ebenfalls ein erhöhter Alkoholkonsum die Ursache des Übels war wollte Sonja gar nicht mehr wissen. Mitten in der Diskussion, ob nun Karlovy Vary oder das italienische Montecatini das Leiden wirksam zu lindern vermochte, beendete sie mit einem Blick auf ihre Uhr kurz angebunden die Plauderei der beiden und dirigierte ihren Gatten nach Hause.

Denkbar, dass diese Frau, zufällig hier entlang schlendern, Egelmann in irgendein Cafe abgeschleppt hatte. Sonja war sein Interesse an dieser Witwe gleich verdächtig vorgekommen. Zugegeben, sie selbst ging mehr oder weniger eigene Wege, seit die beiden Kinder im Badischen Internat untergebracht waren und auch für sein zunehmendes Gejammer über die altersbedingten unangenehmen Begleiterscheinungen des fortgeschrittenen Lebens zeigte sie kaum Einfühlungsvermögen. Sie befand sich in den besten Jahren und konnte endlich tun und lassen was sie wollte. Trotzdem stieg Eifersucht in ihr hoch, denn wenn schon einer von ihnen amourösen Abenteuern nachging, dann stand das ja wohl altersmäßig ihr zu. Direkt unverschämt von ihm, sich mit dieser schmuckbehangenen alten Dohle eine schönen Tag zu machen.

Das Erste, was Egelmann wieder sah, war der Sternenhimmel.

Klar und deutlich konnte er einzelne Sternbilder erkennen. Er lag zwischen den Hortensien, es war dunkel und die Blüten über ihm gaben ihren nachtschweren Duft ab. Vorsichtig versuchte er, sich auf die Seite zu drehen. Es gelang. Ächzend stemmte er sich hoch, mühsam das Gleichgewicht haltend. Sein Kopf brummte wie nach einem schweren Rausch. Mühsam versuchte er, sich zu erinnern. Sein Gehirn gab keine Bilder der letzten Stunden frei. Lediglich der Bienenstich war ihm bewusst und dass er wohl im Blumenbeet umgefallen sein musste.

Durch die Terrassentür erblickte er sein hell erleuchtetes Wohnzimmer. Sonja saß auf dem breiten Ledersofa und schaute fern. Er schleppte sich zur Tür, klopfte, sie öffnete und schaute ihn wütend an.

„Warum …?“, Egelmanns Stimme klang brüchig und schwach, er musste sich erst ein paar Mal räuspern, „Warum hast Du mich nicht gesucht?“

„Ich? Ich, Dich suchen? Spinnst Du?“ Sonjas Tonlage erreichte gefährliche Höhen. „Du treibst Dich mit dieser Alten sonst wo herum und ich soll Dich suchen?“ Verärgert warf sie die Fernbedienung des Fernsehers auf den Tisch und stemmte die Fäuste in die Hüften.

Ihr Mann hangelte sich zur Couch, saß dort wie ein Häuflein Unglück und wischte sich mit der Rechten immer wieder über das Gesicht.

„Ich … ich war ohnmächtig. Mich hat eine Biene gestochen und dann …, dann bin ich im Hortensienbeet umgefallen und erst jetzt wieder aufgewacht, meine ich jedenfalls …, mehr, mehr weiß ich nicht!“

Sie stieß ein höhnisches Lachen aus. „Eine Biene gestochen, haha! Die Biene kenne ich! Den ganzen Garten und das Haus habe ich nach Dir abgesucht, solche Märchen kannst Du erzählen wem Du willst, mir nicht!“

Sie drehte sich abrupt um und setzte den rechten Fuß auf die erste Treppenstufe zum Obergeschoss, dann wendete sie noch einmal kurz den Kopf: „Schau Dich doch mal im Spiegel an! So, wie Du aussiehst, habt ihr nicht nur eine Flasche Schampus geköpft, Du und Deine Frankfurterin!“

2.

Jan wusste nicht wohin mit seinen Händen. In der verkrampften Rechten hielt er Marlenes Brautstrauß. Wenn er die Hände mit dem biedermeierlich gestaltenen Rosengesteck vor der Brust faltete, kam er sich vor wie ein Junge am Muttertag. Baumelten seine Arme locker am Körper herab, schleiften die zarten Seidenbänder des Straußes im Staub. Schließlich legte er beide Hände mit dem Strauß auf den Rücken, bereit, Marlene die Blumen im rechten Moment zu überreichen.

Pastor Brüsekamp nickte im beruhigend zu. Der konnte ja auch gelassen bleiben. Trauungen gehörten für den zum normalen Tagesgeschäft. Etwa so gewöhnlich wie für Jan, wenn er früher Falschparker abstrafte. Mit ‚früher' bezeichnete er neuerdings sein Polizistenleben vor der Pensionierung. Zuerst bei der Drogenfahndung in Hamburg, später, nach der Messerattacke des Dealers, als Dienststellenleiter hier in St. Peter-Ording.

Seit gestern befand er sich in Pension und heute heiratete er. Zum zweiten Mal in seinem Leben. Die Ereignisse überschlugen sich geradezu. Die feierliche Verabschiedung aus dem Polizeidienst lief genauso ab, wie er sich das immer vorgestellt hatte. Sein Vorgesetzter rückte in Begleitung zweier ehemaliger Fahndungskollegen an und hielt eine markige Rede, in der Jans Aufopferung für den Polizeidienst im allgemeinen und der Verlust seiner rechten Niere während eines Einsatzes im speziellen gewürdigt wurden. Es folgte der obligatorische Präsentkorb nebst Blumenbukett, daraufhin servierte Wencke Schnittchen, während Sören die Sekt- und Saftgläser füllte. Zum Schluss noch ein paar wohlwollende Bemerkungen über die Vorzüge des Frührentnerlebens an sich sowie aufmunternde Worte für Sören, der, nunmehr befördert, die Dienststelle samt Jans Posten übernahm.

Dann rückte das Gratulationskommando wieder ab.

Jan Magnusson war jetzt sechzig Jahre alt. Seit etwa einem Jahr kannte er Marlene. Sie waren sich sehr schnell einig, für den Rest ihres Lebens zusammenbleiben zu wollen. Wieviel gemeinsame Zeit ihnen beschieden war, wusste nur Gott. Überrascht stellte Jan fest, dass ‚Zeit', trotz exakter Messung mittels Uhr und Kalender, an sich keine Konstante war. In den Jahren nach seiner Scheidung von Sabine wiederholten sich die immer gleichen, eintönigen Tagesabläufe. Das Warten auf Einsätze kam ihm manchmal endlos vor. Jetzt im Nachhinein aber, im Rückblick auf diese Zeit, schienen ihm die Jahre nur so verflogen zu sein. Inhaltsleer mit immer den gleichen dienstlichen und privaten Gegebenheiten. Zusammengeschrumpft auf eine kurze, bedeutungslose Zeitspanne.

Das letzte Jahr allerdings, jenes, in dem sich sein Leben durch Marlene noch einmal von Grund auf veränderte, war in seinem inneren Zeitgefühl als deutlich länger gespeichert. Ihre erste Begegnung am Böhler Strand lag für ihn sehr weit zurück. Inzwischen geschah ständig Neues, Überraschendes, so dass ihm sein Gehirn einen viel ausgedehnteren Zeitraum suggerierte. Zeit verkürzte sich rückblickend also, wenn wir in den immer gleichen Abläufen eines eintönigen Lebens gefangen sind und sie verlängerte sich scheinbar, wenn Abwechslung und rasch aufeinander folgende Eindrücke auf uns wirkten.

Vor ihm im Kirchengestühl saßen seine beiden Kinder – Jens und Jasmin. Jene waren allerdings unbestechliche Zeitmesser. Völlig unabhängig von Jans subjektiven Empfinden entwickelten sie sich zu reifen Erwachsenen und bildeten für ihn damit gleichsam ein „Memento Mori". Je mehr seine Kinder im Leben verwurzelten, um so deutlicher spürte er die Zeit für sich ablaufen. ‚Wie möten Platz moken', sagte sein Vater im Alter immer. Unwillkürlich schüttelte Jan sachte den Kopf. Noch nicht. So weit sind wir noch lange nicht. Das Beste kommt doch immer zum Schluss.

Jens hielt mit einer Hand seine von ihm weg- und zum Opa hinstrebende Tochter Gitte an den Rüschen ihres rosa Taftkleides fest, sein anderer Arm ruhte auf der Schulter seiner Frau Beate. Die beiden hatten ihren Platz im Leben gefunden. Die kleine Tischlerei im Schwäbischen war für Jens genau die richtige Entscheidung. Mit Hingabe betrieb er dort nach einem hingeschmissenen Psychologie-Studium sein Handwerk. Seine Liebe zum Holz wurde in dem von ihm gefertigten Möbeln sichtbar. Er interpretierte traditionelle Formen neu, verwendete nur ausgesuchte Hölzer und heimste so erste Preise für sein Kunsthandwerk ein. Auch das Hochzeitsgeschenk für Jan und Marlene – die Replik eines Refektoriumstisches aus duftendem, samtigen Kirchbaum, war ein hochgelobtes Stück aus seiner Werkstatt.

Neben Jens thronte Jasmin kerzengerade im Gestühl. Zur Feier des Tages trug sie einen ausladenden, mit Reiherfedern geschmückten Hut. Natürlich konnte Jens es sich nicht verkneifen, sie bei der Begrüßung zu fragen, aus welcher Inszenierung sie das gute Stück entwendet habe. Dabei war er eigentlich ganz stolz auf seine Schwester, die Theaterdramaturgin. Jan hatte sich inzwischen an Jasmins manchmal exzentrischen Kleidungsstil gewöhnt. Woran er sich nicht gewöhnte, waren die wechselnden jungen Männer, die sie ihm regelmäßig bei jedem neuen Nordseeurlaub vorstellte.

Auch diesmal war sie in Begleitung erschienen und diese gefiel Jan nun noch viel weniger als die vorausgegangen. Er gestand sich ein, dass dieser Mann zu der Sorte gehörte, die er am allerwenigsten in der Nähe seiner Tochter wissen wollte. Vorgestellt wurde der ihm als Lorenz Fraasen, Manager eines großen Bauunternehmens. Altersmäßig musste dieser Fraasen irgendwo zwischen Dreißig und Vierzig rangieren. Typisches Manageroutfit. Maßanzug, handgefertigte Schuhe und Armbanduhr im Wert eines Kleinwagens. Fehlte nur noch der branchentypische, lederne Aktenkoffer. Dazu ein herablassendes Auftreten, welches Jan nach langer Zeit wieder einmal die Lippen aufeinander pressen ließ. Er hatte den Mann ordentlich begrüßt, ein paar Höflichkeitsfloskeln vom Stapel gelassen, mehr durfte Jasmin nicht erwarten. Richtig reden wollte er mit diesem arroganten Typen auf keinen Fall.

Durch die Öffnung der Brausewetterschen Tasche schob sich der Kopf eines Beagle. Moppel! Jan schüttelte missbilligend den Kopf. Ein Hund in der Kirche! Frau Brausewetter schaute betont harmlos, machte einen spitzen Mund und richtete ihre Augen zur Decke. Warum soll Moppel nicht dabei sein, wenn Herrchen heiratet, drückte ihre Miene aus.

Keiner der anderen Gäste beachtete den Beagle. Das Anschwellen der Orgeltöne kündigte die Braut an. Sie erhoben sich von ihren Plätzen und Marlene schritt am Arm ihres Sohnes Christian durch den Mittelgang, direkt auf Jan zu. Ihr schlichtes Brautgewand bestand aus einem schmucklosen bodenlangen, cremefarbenen Kostüm. Die halblangen, hochgesteckten Haare zierten winzige Rosenknospen. Jan musste schlucken und kämpfte mit den Tränen. Was sollten denn die Leute denken! Hier trat ein altersgrauer Mann vor den Altar – kein romantischer

Jüngling. Der Anblick seines Freundes, der gemessenen Schrittes der Braut folgte, holte ihn in die Realität zurück. Seiner adeligen Herkunft Rechnung tragend, steckte Friedrich von Trostorff in einem geliehenen Cut. Es musste ein gutes Stück Arbeit gewesen sein, die hünenhafte Gestalt da hinein zu zwängen. Tiefe Atemzüge ausgeschlossen.

Pastor Brüsekamp blickte wohlwollend auf das angejahrte heiratswillige Paar herab und wollte gerade loslegen, als sich die Kirchentür nochmals öffnete und Alexa von Trostorff völlig außer Atem mit gerafftem, langem Kleid auf ihren Platz huschte.

Die anschließende Hochzeitsfeier im „Wanlick Hüs", dem ältesten Reetdachhaus im Dorf, fand im kleinen Kreis statt. Kurz vor Platzierung der Gäste war es Jan gelungen, die Namensschilder auf der Tafel auszutauschen, so dass ihm nun glücklicherweise sein neu hinzugewonnener Sohn Christian gegenübersaß und nicht dieser ölige Managertyp von Jasmin. Die gemütliche Atmosphäre des alten Friesenhauses mit seinen niedrigen Decken und den winzigen Fenstern bildete den angemessenen Rahmen für diese Hochzeit.

Friedrich erhob sich, öffnete die spannenden Knöpfe des engen Cuts und setzte zur feierlichen Rede an. Er erzählte, wie sehr sie sich für Marlene gefreut hatten, als die verwitwete Freundin von einer neuen Liebe berichtete. Und wie erstaunt sie doch waren, dass diese bibliophile Frau sich für einen Polizisten entschied. Inzwischen sei Jan zu einem Freund geworden, den sie nicht mehr missen mochten. Jedenfalls haben die beiden sich gefunden, ohne eigentlich richtig auf der Suche gewesen zu sein. Man mag es Schicksal oder Zufall nennen, gut getan hat es beiden, wie man sieht.

Jans Dankesworte fielen, seinem Wesen entsprechend, knapp aus. Wie immer, wenn er gerührt war, verfiel er ins Plattdeutsche. Eigentlich waren ihm solch offizielle Reden zuwider, die mundartliche Einleitung verlieh ihm Sicherheit.

„Un nu sünd wi all tohoop hier“, sagte er mit Blick auf die Gästerunde. „Dat mit Marlene unn mir, dat kumm von boben, sää de Pastor“, meinte er mit spöttischen Seitenhieb auf Brüsekamp. Er glaube allerdings, dass ‚der da oben’ solche Geschichten wohl einrühren könne, aber den letzten Ruck, den Mut, noch einmal eine Ehe zu wagen, haben sie selbst aufbringen müssen. Er hob sein Glas. „Marlene, ich sage das jetzt und dann nie wieder in der Öffentlichkeit: Ich liebe Dich!“

Frau Brausewetter schluchzte ein wenig vor Rührung in ihr Taschentuch. Nee, der Herr Magnusson aber auch, wie schön er das gesagt hatte.

Nach dem Festmahl, als die feierliche Anspannung nachließ, Klein-Gitte sich unter dem Tisch mit Moppel verknäulte und Jasmin endlich dieses Wagenrad von einem Hut abnahm, lockerte sich die Tafelrunde auf. Friedrich steuerte auf die Stirnseite der Tafel zu und suchte das Gespräch mit Jasmins Begleiter.

„Sie sind in der Baubranche tätig, hörte ich. Hoch- oder Tiefbau?“

Fraasen strich sich mit einer schnellen, glättenden Handbewegung über das gegelte Haar.

„Tiefbau. Wir sind europaweit tätig. Seit einigen Jahren ist unsere Kapazität allerdings überwiegend im ostdeutschen Autobahnbau gebunden."

Von Trostorff nickte anerkennend. „Großaufträge aus staatlicher Hand. So was erfreut das Unternehmerherz. Na ja, Geld scheint genug da zu sein, der Bund pumpt eine Milliarde nach der anderen in die neuen Länder. Manche sind allerdings der Meinung, langsam reicht's. Mein Bruder hat das väterliche Gutshaus in Mecklenburg zurückgekauft. Die dortigen Dorfstraßen sind top saniert. Da könnten einige westdeutsche Großstädte richtig neidisch werden."

Jens räusperte sich: „Der Straßenbau da drüben ist ein Fass ohne Boden. Nun sollen die ersten der dort vor Jahren neu ausgebauten Autobahnabschnitte schon wieder Schäden aufweisen – kein Mensch kann sich das erklären."

„Schluderei", klärte Herr Brausewetter auf, „wenn Sie mich fragen: ganz ordinäre Schluderei! Alles soll fix fertig werden und den Zuschlag kriegt der billigste Anbieter. Da braucht sich keiner wundern, wenn das nach kurzer Zeit wieder aufbröselt."

Obwohl Lorenz Fraasen als Mann vom Fach hier sicher einiges zu sagen könnte, schwieg er. Jasmin spürte, dass die Herren einen Diskussionsbeitrag seinerseits erwarteten und rettete die peinliche Situation, indem sie aufstand und ihren Vater bat, ihr doch die Geschenke zu zeigen.

In Jans Arm eingehenkelt, schlenderte sie mit ihm zur winzigen Diele des Restaurants, wo sich der Geschenketisch befand. Sie selbst hatte dem Brautpaar ein Abonnement für die Oper geschenkt. Lorenz legte unabgesprochen eine in schwarzem Papier eingeschlagene Gabe hinzu, welche sich beim Auswickeln als uralter schottischer

Whisky erwies. Beides – sowohl die Oper, als auch den Whisky – wusste Jan nicht so recht zu würdigen. Opernbesuche zählten nicht zu der von ihm favorisierten Freizeitgestaltung und vom Alkohol trennte er sich vor Jahren in einem Gewaltakt, das Zeug konnte ihm gestohlen bleiben. Dafür schien Marlene um so begeisterter. In die Musikwelt wolle sie ihn schon einführen und sie garantiere auch, dass er sich nicht langweile. Was den Whisky betraf, urteilte sie mit Kennerblick, habe sich der Herr nicht kleinlich gezeigt, diese Abfüllung bleibe wirklichen Liebhabern vorbehalten. Sie stubste ihn in die Seite. „Jan, mach nicht so ein kritisches Gesicht. Du wirst Dich zum Kenner und Genießer entwickeln, glaub' mir. Es ist ein bedeutender Unterschied, ob man irgendeine Spirituose aus Einsamkeit oder Langeweile in sich hineinschüttet, oder gelegentlich den Genuss von etwas Besonderem zelebriert."

Das Geschenk derer von Trostorff umhüllte eine große rote Schleife, verziert mit Herzchen, deren Fertigung zweifelsfrei aus bastelfreudigen Kinderhänden stammte. Neugierig schaute Jasmin hinein. „Oh! Eine Reise Paps – drei Tage Kopenhagen!"

„Ja. Wir haben uns sehr gefreut. Bei der Gelegenheit besuchen wir Christian. Er hat dort oben einen alten Bauernhof gekauft." Jasmin spähte nach Christian, aber der befand sich in einer Fachsimpelei mit Jens. Wahrscheinlich ging es um die Restaurierung der alten Hölzer seines Hofes.

Die Brausewetters sprachen sich mit Jans jungen Polizeikollegen ab und kauften gemeinsam ein Gemälde bei einem ortsansässigen Maler. Eine Landschaft des Vorlandes mit weidenden Kühen, in den sanften Tönen der

Küste gehalten. Das Bild gefiel Jasmin. Hätte sie auch gern besessen. Ihren Vater bewegte etwas ganz anderes. Er nahm ihr das Bild aus der Hand, legte es zurück und zog sie mit sich in eine dunkle Nische.

„Dieser Fraasen, Jasmin, was ist das für Einer?“

„Das weißt Du doch, Paps! Lorenz ist achtundreißig, ledig, Manager einer großen Baufirma …“

„Das meine ich nicht. Der kommt mir so aalglatt vor, wie soll ich sagen …, irgendwie … ölig … Der hat doch nicht etwa ernste Absichten, oder?

„Ölig? Also wirklich, Paps!“, Jasmin reagierte empört. „Du siehst auch in jedem der nicht in Dein Raster passt, einen potentiellen Ganoven. Du bist pensioniert, begreif' das endlich. Das Räuber- und- Gendarm-Spiel ist vorbei, Du musst Dich nur noch um Marlene kümmern. Was Lorenz betrifft, so hat er durchaus ernste Absichten. Wir wollten es Euch eigentlich erst später sagen … Also: Er hat mir einen Antrag gemacht. Lorenz lebt in sehr guten Verhältnissen. Wie gut, das kannst Du Dir gar nicht vorstellen, Paps! Ich habe mich entschieden, meinen Beruf aufzugeben und künftig nur für meine Familie da zu sein. Unseren Wohnsitz verlegen wir übrigens auf Mallorca. Er besitzt dort eine Finca. Für Kinder ist es traumhaft.“ Ihre Augen leuchteten, während sie in Zukunftsträumen schwelgte.

Jan schwieg. Seine Lippen bildeten einen dünnen Strich und an der Nasenwurzel zeigte sich eine tiefe Falte.

„Weiß' das Deine Mutter schon?“, fragte er endlich.

Jasmin verdrehte genervt die Augen zur Decke. Mein Gott, sie war Ende Zwanzig, die Zeit, wo sie ihre Mutter um Erlaubnis für ihr Tun fragen musste, lag lange zurück.

„Habt Ihr Geheimnisse?“, Marlene trat in die schummerig ausgeleuchtete Nische.

„Es ist kein Geheimnis mehr“, sagte Jasmin. „Du kannst mir Deinen Brautstrauß zuwerfen, Marlene, ich werde die Nächste sein.“

Lorenz Fraasen bewohnte mit Jasmin eine Suite im nobelsten Hotel von St. Peter-Ording. Sie gedachten, ihren Jahresurlaub in dem Nordseebad zu verbringen. Wie Jasmin erzählte, habe der Manager den Ferienaufenthalt ohnehin mit geschäftlichen Terminen verbinden wollen. Jan war es recht. Wenn er sich auch nicht vorstellen konnte, was der Straßenbau in Ostdeutschland mit Eiderstedt zu tun hatte, Hauptsache, der Typ beanspruchte keine Unterkunft bei den Magnussons.

Mit der Planung einer gemeinsamen Zukunft galt es vor einem Jahr, Ausschau nach einer größeren Wohnung zu halten. Nach etlichen Besichtigungen entdeckten sie schließlich etwas, was ihrer beider Zustimmung fand. In einem neu gebauten Reetdachhaus im Dorf stand eine geräumige Wohnung zur Vermietung. Es gab im Erdgeschoss einen Wohnraum mit Küche und über eine weißlackierte Treppe erreichte man die drei oberen Zimmer und das Bad. Vom Fenster des Schlafzimmers aus konnte man den Kirchturm von St. Peter sehen. Der Fensterrahmen fasste diesen wie ein Bilderrahmen ein und nur der wechselnde Himmel schuf das Bild ständig neu. Ein Zimmer beanspruchte Marlene für ihre Bücher und den Schreibtisch. Beim Einzug fürchtete Jan um die Tragfähigkeit der Decke, als er mit ansah, wie die Leute der Spedition Karton um Karton die Treppe hinauf schleppten. Irgendwann war seine Frau dann mit Einräumen fertig und von den Wandflächen des Zimmers blieb nichts mehr übrig. Vollständig mit Bücherregalen vollgestellt. Jan stand kopfschüttelnd vor dieser Bibliothek und fragte ungläubig, ob sie das wirklich alles gelesen habe. Selbstverständlich, meinte Marlene, manche Bücher nicht nur einmal. Sie behauptete, einige lese sie immer wieder und wie bei einem vertrauten, geliebten Menschen genieße sie die bekannten Stellen genauso, wie sich ihr auch immer wieder etwas Neues, bisher Unbekanntes erschloss.

Er könne sich gern bedienen. Jan wehrte dankend ab. Diese literarische Überflutung beunruhige ihn eher, als dass sie Leselust in ihm wecke.

Das verbliebene Zimmer blieb gelegentlichen Gästen vorbehalten – so, wie gerade Jens und seiner Familie. Der konnte seinen Aufenthalt ohnehin nicht weiter ausdehnen. Beate war, wie ihre Schwiegermutter, Lehrerin und in Schwaben begann übermorgen die Schule nach den großen Ferien. Sabine, Jans Geschiedene, schien seine Wiederverheiratung gleichmütig hinzunehmen, sie äußerte sich nicht dazu. Jans anfängliche Befürchtung, seine Familie würde die neue Frau an seiner Seite nicht akzeptieren, löste sich in Luft auf. Im Gegenteil, Jens und Christian, diese zusammengewürfelten Brüder, verstanden sich auf Anhieb.

Am Abend vor Christians Abreise saßen sie bei einem Wein am großen Esstisch der Magnussons. Das wertvolle Stück, dessen rötlich-samten schimmernde Platte keine Tischdecke versteckte, war gut und gerne für zehn Personen ausgelegt. Jens dachte eben praktisch, wie Handwerker nun mal sind und kalkulierte bei seinem Entwurf alle Familienmitglieder mit ein, wenn sich auch nur sehr selten alle zusammen hier trafen. Dieser Tisch mit den acht hochlehnigen Stühlen dominierte das Wohnzimmer, dessen Einrichtung ansonsten sehr übersichtlich, aber gediegen war. Sie hatten sich für ein ausladendes Sofa entschieden, über dem die zur Hochzeit geschenkte Küstenlandschaft hing. Ansonsten war der Raum nur noch mit zwei, das Sofa flankierenden, weißen Konsoltischen bestückt. Sparsame Dekorationen, wie die beiden hochglänzenden Messingblaker und ihr Pendant, eine Stehleuchte in ähnlichem Stil, ergänzten die Möblierung. Jan gab Marlene bei der Gestaltung freie Hand. Dieses stundenlange Durchforsten von Möbelhäusern und Gardinenabteilungen langweilte ihn. Er fühlte sich wohl in seinem neuen Haushalt und manches Detail, wie die Ausstattung mit Handtüchern und Bettwäsche in abgestimmten Farbnuancen, wäre ihm nie in den Sinn gekommen.

Marlene nahm einen Schluck Wein.

„Christian und ich, wir möchten Dir, bevor er abreist noch etwas sagen, Jan."

Magnusson blickte Mutter und Sohn gespannt an. „Ich höre."

„Der Bauernhof, den Christian bei Kopenhagen gefunden hat, ist ein echter Glücksfall. Du musst wissen, dass wir Deutschen in Dänemark nicht so einfach Grundbesitz erwerben dürfen, die Dänen haben uns aus der Erinnerung an die Geschichte nicht so gern als Landbesitzer."

Damit kannte Jan sich nicht aus. Er war nie auf den Gedanken verfallen, dort nach einem Haus Ausschau zu halten. Dass die Dänen ungute Erfahrungen mit deutschen Besatzern während des Zweiten Weltkrieges gemacht hatten, war ihm allerdings nicht neu.

„Es gibt Ausnahmen." Christian kam zum Kern der Sache. „Die Dänen sind nicht unversöhnlich, dort sind auch neue Generationen nachgewachsen. Mein Hof ist so eine Ausnahme. Wer Land bewirtschaftet oder einem Gewerbe nachgeht, darf kaufen. Außerdem kann man sich quasi ein Anrecht zum Immobilienerwerb ersitzen, wenn man sieben Jahre als Bürger in Dänemark lebt. So lange wollte ich bloß nicht warten."

„Darum geht es doch jetzt gar nicht!" Marlene machte eine wegwerfende Handbewegung.

„Christian ist bereits Eigentümer. Das Problem ist die Sanierung. Vorsichtige Schätzungen laufen auf eine sechsstellige Summe hinaus. Er kann als Bootsbauer zwar vieles selbst in die Hand nehmen, aber er darf seinen eigentlichen Beruf nicht vernachlässigen und nur noch auf dem Hof werkeln. Ich haben deshalb beschlossen, ihm sein Erbe vorzeitig zu übergeben und wollte Deine Meinung dazu hören, Jan."

Magnusson wusste Bescheid. Das Erbe bestand aus einer sorgfältig vernagelten Kiste. Inhalt der Kiste war eine Waffe. Nicht irgendeine Jagdwaffe, sondern eine „Holland & Holland". Hergestellt in einer Londoner Firma, welche Jagdgewehre in außerordentlicher Sorgfalt und Präzision fertigte. Diese Waffe hatte Marlene von ihrem Vater geerbt. Sie musste Jan nicht um Zustimmung bitten, wenn sie diese an ihren Sohn weiterreichte. Trotzdem tat es ihm gut zu wissen, dass sie ihn in alle Entscheidungen ihres Lebens einband. Obwohl – von der Existenz der „Holland & Holland" durfte er als pensionierter Polizeibeamter eigentlich nichts wissen. Die Waffe war nicht registriert, Marlene besaß keine Waffenbesitzkarte. Das war illegal und strafbar. Ihren verstorbenen Vater konnte keiner mehr belangen, aber sie, als Erbin, hätte den Fund sofort anzeigen müssen. Inzwischen war eine nachträgliche Meldung so gut wie ausgeschlossen. Höchste Zeit, dass die Jagdflinte verschwand. Bei dem Gedanken daran, wie Christian mit dem guten Stück im Kofferraum die Grenze überquerte, bekam Jan Magenschmerzen. Wenn der Junge in eine Routinekontrolle geriet, saß er in der Tinte und Jan mit ihm.

„Ich werde das Jagdgewehr in Dänemark verkaufen, wenn Du einverstanden bist", sagte Christian. „Es gibt bereits einen vertrauenswürdigen Interessenten. Ein passionierter Jäger. Du kennst sein Unternehmen, es taucht regelmäßig in den europäischen Werbespots auf. So ein Deal geht natürlich nur über verlässliche Mittelsmänner."

Warum sollte Jan nicht einverstanden sein? Es lag ihm völlig fern, Christian in dessen Pläne hineinzureden. Hauptsache, der Junge handhabte die Sache mit der nötigen Diskretion und Vorsicht.

Um das ganze abzuschließen, legte Jan seinem neu hinzugewonnenen Sohn seine Hand auf die Schulter:

„Ist doch prima, Junge. Grund und Boden sind immer noch die sichersten Geldanlagen. Außerdem", er grinste, „wollte ich schon immer mal einen längeren Urlaub in Dänemark verbringen!"

3.

Egelmann fühlte sich nicht wohl.

Nicht nur die aus seinem Gedächtnis getilgten Stunden beunruhigten ihn, auch die Frage, ob die Ohnmacht nun wirklich Vorbote eines Schlaganfalles gewesen sei, beschäftigte ihn unausgesetzt. Er konnte an nichts anderes als an diesen ominösen Vormittag denken. Mit Sonja ließ sich darüber nicht reden. Sie meinte schnippisch, er solle sich doch mit einer gewissen älteren Dame darüber austauschen, solcherlei Altersprobleme kenne die bestimmt auch. Seine Frau glaubte ihm einfach nicht. Sie behauptete nach wie vor, an jenem Tag den Garten gründlich nach ihm abgesucht zu haben und es gebe keinen Zweifel, dass er sich definitiv nicht auf dem Grundstück aufgehalten habe. Wenn er aber nicht in seinem Garten war, wo war er dann? Obwohl er sich krampfhaft zu erinnern suchte, gab sein Gedächtnis nichts preis. Nur so viel: Während er die Gießkanne hielt, stach ihn eine Biene. Vielleicht reagierte er allergisch auf Bienengift? Das wäre eine logische Erklärung. Dann musste Sonja aber lügen! Er war gegen zehn Uhr vormittags in den Garten gegangen, sein Bewusstsein erlangte er erst in der Dunkelheit wieder. Das bedeutete, in seiner Erinnerung fehlten zirka zwölf Stunden. Scheußliches Gefühl. Zwölf Stunden ausgelöscht aus seinem Leben und Sonja wollte ihm nicht helfen. Sie reagierte schon gereizt, wenn er jenen Tag nur erwähnte. In deutlichen Worten wies sie ihn auf sein Alter hin und scheute sich auch nicht, ihm dementielle Gedächtnislücken zu unterstellen. Von seiner einst ausgeprägten Fähigkeit, schnell zu reagieren, sei nichts geblieben. Ein seniler Schwachkopf wäre er nun, dessen verbliebene Energie draufging um alten Schachteln zu imponieren.

Die Sache war vertrackt. Sie beschuldigten sich gegenseitig der Lüge und es gab keine Möglichkeit, die Angelegenheit objektiv aufzuklären. Vielleicht würde Sonja einlenken, wenn er die Frankfurterin ausfindig machte und die Dame seiner misstrauischen Gattin bestätige, dass er an jenem fraglichen Tag wirklich keinen Kontakt zu ihr hatte. Sonja hatte bei der zufälligen Bekanntschaft am Strand natürlich sofort gemerkt, wie gut ihm die flotte Sechzigerin gefiel und sie wusste auch, wie gern er solche Gelegenheiten wahrnahm, sich ein wenig zu bestätigen.

Vor zwanzig Jahren erschien ihm die Beziehung zu seiner jungen Sekretärin, welche Sonja damals noch war, als übliche Affäre. Später heiratete er sie, weil eine junge Ehefrau ohnehin schmeichelte und weil sie auch sonst recht gut zu ihm passte. Auch sie verfolgte ihre Ziele skrupellos und ließ nie locker – auch bei ihm nicht. Heute wünschte er sich manchmal eine Frau an seiner Seite, die nicht so forsch auftrat, sondern auch mal Rücksicht auf ihn nahm. Von Krankheiten mochte sie nichts hören.

Egelmann seufzte. Solange er noch im Berufsleben stand, umschmeichelte ihn Sonja. Als Angestellter im gehobenen Dienst besaß er Macht. Wie viel Macht, konnte sich manch unbedarfter Bürger, der sich den öffentlichen Dienst als Ansammlung fauler und duckmäuserischer Beamtenschaft vorstellte, gar nicht ausmalen.

Sein Gehalt lag an der obersten Kante dessen, was der Tarifvertrag hergab, die Pension war gesichert. Egelmann ein praktisch unkündbarer, gut versorgter Mann in sicherer Position.

Bei der Erinnerung daran, wie er in seiner Jugend ins Berufsleben eingestiegen war, musste er unwillkürlich grinsen. Er wurde in einfachen Verhältnissen in einer sächsischen Industriestadt geboren. Seinen Vater lernte er nie kennen und ihm schien, als habe seine Mutter auch nur eine flüchtige Begegnung mit ihm gehabt. Frau Egelmann – nicht gerade erfreut, guter Hoffnung zu sein, arbeitete im Schichtsystem in einer Spinnerei und verlangte von ihrem Sohn frühstmögliche Eigenständigkeit. Er sollte so bald als möglich auf eigenen Füßen stehen. Ferdinand erlernte ebenfalls einen Beruf in der Textilindustrie, fand aber sehr schnell, dass die tägliche Plackerei nicht seinen Vorstellungen von einem angenehmen Leben entsprach. Er verdingte sich für längere Zeit bei der Nationalen Volksarmee. Schon bald befehligte er als Unteroffizier einen Trupp Untergebener und fand Gefallen an der Macht und ihren Möglichkeiten. Leider setzten körperliche Leiden seiner Militärkarriere ein abruptes Ende. Der sozialistische Staat sorgte für seine Kämpfer und bald fand sich der dienstuntaugliche Egelmann bei einer staatlichen Behörde als Sachbearbeiter wieder. Egelmann revanchierte sich für die erwiesenen Wohltaten und trat der Partei der Arbeiterklasse bei. Das mit dem Arbeiten sah er fortan nicht mehr so ernst. Wozu gehörte man schließlich zum Kreis der Auserwählten? Recht schnell wurde er zum Abteilungsleiter befördert – in den Amtsstuben der DDR tummelten sich ansonsten überwiegend Frauen -, als welcher er über ein Kontingent Neubauwohnungen verfügen durfte. Ordentliche Wohnungen waren knapp. Egelmann besaß von nun an Spielraum und nutzte ihn. Seine Verfügungsmacht verwandelte sich in einen russischen PKW, in ein Wochenendhaus auf dem Land, ungarische Salami und sowjetischen Sekt. Seine junge Sekretärin teilte diese Annehmlichkeiten gern mit ihm und wurde seine Geliebte.

Sein kleines Imperium brach zusammen, als die sonst so fügsamen Bürger des Landes plötzlich den Aufstand wagten und das System beseitigten. Egelmann verbarrikadierte sich im Büro des Rates des Kreises, hoffte auf Schild und Schwert der Partei und harrte bei grusinischem Kognak der Dinge, die nun kommen sollten. Es kam eine Amtsenthebung des Ratsvorsitzenden, ansonsten durften diejenigen Angestellten, denen keine Zusammenarbeit mit dem Staatssicherheitsdienst nachweisbar war, auf ihren Posten weiterarbeiten.

Egelmann atmete auf. Er durfte bleiben. Nicht nur bleiben, er wurde im nunmehr wiedervereinigtem Land sogar befördert. Als Gegenleistung blieb er eingebunden in das Netzwerk der „Ehemaligen“. Böswillige Menschen nannten das „Seilschaften“. Egelmann war nur einer kleiner Hai unter ihnen, der sicher sein konnte, dass das Rechtssystem der Demokratie einen sicheren Schutzschild vor jeglichen Schmutzwürfen aus der Vergangenheit für seine Person bildete.

Jedenfalls trat er eines Tages seinen Dienst bei einer übergeordneten Behörde an. Er erhielt ein nagelneues, geräumiges Büro nebst Dienstwagen und auch seine langjährige Mitarbeiterin und Gattin wurde bedacht. Sie agierte nun als Abteilungsleiterin einer Sozialbehörde. Ansonsten blieb alles beim Alten. Er nutzte seine hinzugewonnene Entscheidungsbefugnis zum Wohl des Staates und zu seinem eigenen. Leider zeigte sich Sonja der neuen Aufgabe wenig gewachsen. Sie verstand den Inhalt der

Gesetzestexte nicht, ignorierte die dickbauchigen Kommentare, interpretierte lieber Sachverhalte nach eigenem Gutdünken, schikanierte die ihr unterstellten Mitarbeiterinnen mit sich ständig widersprechenden Anweisungen und versuchte sogar die antragstellenden Bürger einzuschüchtern. Als sie mit ihren absurden und willkürlichen Bescheiden eine Klageflut vor den Sozialgerichten auslöste, geriet ihre Position in Gefahr. Sie löste ihr Dienstverhältnis dann auf eigenen Wunsch, als sie einmal – aus alter Gewohnheit -, einen dienstlichen Brief mit der Grußformel „Mit sozialistischem Gruß" unterzeichnete.

Das Paar musste keine Altersarmut befürchten, als Egelmann in Pension ging. Im Gegenteil. Ihr Lebensstandard nahm einen deutlichen Aufschwung. In St. Peter-Ording waren sie in die Rolle eines gutsituierten, bürgerlichen Paares geschlüpft. Ihre beiden halbwüchsigen Kinder brachten sie in einem bekannten Internat im Badischen unter. Die dort bereits im zarten Jugendalter knüpfbaren Kontakte zum Nachwuchs der Oberschicht erschienen sowohl Sonja als auch Ferdinand als lohnende Zukunftsinvestition. Network sei schließlich dasselbe wie Seilschaft, meinten sie. Die Egelmannsche Herkunft spielte in absehbarer Zeit keine Rolle mehr und seine Nachkommen würden zur Gesellschaft der Sorglosen gehören.

Nur jetzt, in seiner verdammten Situation nützte ihm das Geld auf der Bank auch nichts. Die Gedächtnislücke, diese aus seinem Hirn getilgten Stunden, verstörte ihn geradezu. Ein unheimliches Gefühl breitete sich in ihm aus. Er versuchte angestrengt, sich an irgendetwas zu erinnern. Umsonst – nach dem Stich der Biene blieb es dunkel. In den letzten Nächten schlief er schlecht, wachte öfters schweißgebadet auf und wusste doch nicht zu benennen, was ihn derart zusetzte.

Am Mittag legte er sich erschöpft auf die Couch, darauf hoffend, wenigstens tagsüber ein wenig Erholung im Schlaf zu finden. In der Übergangsphase zwischen Wachen und Schlafen fühlte er sich aus großer Höhe abstürzend. Eine rational erklärbare Sache, hervorgerufen durch den plötzlichen Blutdruckabfall beim Übergang zum Schlaf. Im Sturz sah er plötzlich ein schwarzes Gesicht auftauchen. Das Gesicht besaß Augen, die ihn auf eine nie gekannte Art ängstigten. Sie blickten in sein Innerstes, er konnte vor ihnen nichts verbergen. Schlimmer noch, er war nicht mehr Ferdinand Egelmann. Sein Selbst schien aufgelöst, er existierte nur noch als Werkzeug dieser unheimlichen Augen. Es gab ihn nicht mehr. Sein Wille wurde von dieser dunklen Energie geschluckt. Egelmann war weder tot, noch lebte er. Für diesen Zustand gab es in der deutschen Sprache kein Wort.

Mit einem entsetzten Stöhnen fuhr er hoch und griff sich an die Brust. Sein Herz schlug merkwürdig langsam, trotz der ihn beherrschenden Panik. Er schaute sich in der Erwartung um, dass nun etwas Entsetzliches passieren müsse. Es geschah nichts. Die Uhr tickte weiter verlässlich, gegen die Fensterscheibe des Wohnzimmers summte eine Fliege und aus der Musikanlage dudelte leise Musik. Ansonsten blieb es still im Haus. Sonja blieb wohl bis zum Abend weg und er hatte nicht einmal gefragt, was sie unternahm. Bloß keine neuen Wutanfälle provozieren.

Egelmann stand mit zitternden Knien auf und beschloss, umgehend seinen Arzt aufzusuchen. So einen Zustand wie eben wollte er nicht noch einmal erleben. Dagegen musste es ein Mittel geben, die Weißkittel konnten heutzutage fast alles behandeln.

Er verzichtete auf seinen Wagen. Zum Führen eines Kraftfahrzeuges fühlte er sich momentan nicht in der Lage. Auf dem Fußweg vor seinem Anwesen traf er auf Dr. Eichenwald. Der pensionierte Arzt nickte ihm ein knappes „Moin“ entgegen, wissend, dass die Nachbarn keinerlei Wert auf nähere Bekanntschaft mit ihm legten. Zu seiner Verwunderung tappte Egelmann mit unsicheren Schritten auf ihn zu.

„Moin, Herr Doktor … Wald.“

„Eichenwald, Herr Nachbar. Denken Sie einfach nur bei meinem Anblick an die gute alte, deutsche Eiche.“

„Was? Ach so , ja ja … gut, Eichenwald. Sie sind doch …, oder Sie waren doch Arzt?“

Egelmann blickte ihn hoffnungsvoll an.

„Ja. Bis vor kurzem habe ich noch praktiziert. Jetzt bin ich Golfer. Kleiner Scherz, Sie haben ja wohl mitbekommen, dass ich regelmäßig meinem Hobby fröne. Geht es Ihnen nicht gut? Sie sehen etwas angegriffen aus.“ Eichenwald musterte sein Gegenüber mit geübtem Diagnostikerblick. Der braungebrannte, sportliche Arzt wirkte im Gegensatz zu Egelmann wie das blühende Leben. Auch er näherte sich der Siebzig, aber Haltung und Miene versprühten ungebrochene Lebenslust, daran tat auch der wie eine Billardkugel glänzende, haarlose Schädel keinen Abbruch. Sein Nachbar dagegen glich mit seiner schlechten Haltung, der bleichen Gesichtsfarbe und dem dunkel gefärbtem Haar einem gramgebeugten, lächerlichen Greis.

„Schlecht, Herr Doktor, mir geht es ausgesprochen schlecht. Sagen Sie mal, so ein Schlaganfall, wie kündigt der sich eigentlich an?"

„Apoplexie? Tja, das ist ein weites Feld. Die Symptome reichen von Kopfschmerzen, Ausfallserscheinungen im Sehfeld, Doppelbildern und halbseitigen Lähmungen bis hin zu Sprach- und Wortfindungsstörungen. Wieso fragen Sie, haben sie solche Anzeichen bei sich bemerkt?"

Egelmann schüttelte den Kopf.

„Ich war ohnmächtig ... kann mich an nichts erinnern. Treten auch Alpträume auf?"

„Alpträume?", Eichenwald fand den Mann kurios. Lange Zeit mied der jeden Kontakt und nun wollte er quasi auf der Straße ärztlichen Rat von ihm einholen.

„Mir nicht bekannt. Passt nicht ins Krankheitsbild. Klingt eher nach psychischer Angegriffenheit. Sie sollten umgehend einen Kollegen konsultieren."

Egelmann nickte hilflos und ging, wie ferngesteuert, einfach weiter. Er brauchte dringend ärztlichen Beistand. Mit allem, was die Medizin aufzubieten vermochte.

Dr. Eichenwald verstaute seine Golfschläger im Wagen und schüttelte dabei wiederholt den Kopf über die plötzliche Vertraulichkeit des Nachbarn.

4.

Der Insolvenzverwalter strich die letzten beiden Baumaschinen von seiner Liste. Verkauft. Zwar zu einem Schleuderpreis, aber immerhin verkauft. Die Firma Wolf in Leipzig existierte damit nicht mehr. Er warf einen letzten prüfenden Blick auf die Liste, steckte dann sorgfältig seinen Stift in das dafür vorgesehene Fach seiner Klemmakte und wandte sich an den ehemaligen Firmeninhaber.

„Die Gläubiger werden Sie in unguter Erinnerung behalten, Herr Wolf. Mangels Insolvenzmasse konnte ich nicht alle Ansprüche befriedigen. Die Firma ist hiermit liquidiert. Wenigstens hatten Sie mit der GmbH die geschäftlich richtige Entscheidung getroffen, ansonsten wären Sie jetzt ruiniert."

Sein Gegenüber, der ehemalige Chef der Straßenbaufirma, vermochte ein zynisches Auflachen nicht zu unterdrücken. „Ich bin ruiniert. Mein gesamtes Vermögen steckte in der Firma."

Dem Insolvenzverwalter fehle es sowohl an Zeit als auch an Willen, dem gebrochenen Unternehmer Trost zu spenden. Er hatte mehr als genug zu tun, es gab zahllose in Existenznot geratene Firmen. War ein Unternehmen erst einmal notleidend, dauerte es gewöhnlich nicht lange bis zum völligen Bankrott. Ja – und dann kamen die „Leichenfledderer", solche wie jene, die gerade die noch gut brauchbaren Baumaschinen aufkauften. Trotzdem hielt sich sein Mitleid in Grenzen. Wer in Deutschland eine Firma gründete, musste in diesem Haifischbecken souverän agieren können, ansonsten hatte er in der freien Wirtschaft nichts zu suchen. Fressen oder Gefressen werden – so ist das.

Wolf sah noch zu, wie der Mann vom Firmengelände fuhr, dann ging er ins Büro, setzte sich in seinen Stuhl und starrte ausdruckslos an die Wand. Wie sollte er nur seiner Familie den Zusammenbruch des Unternehmens beichten? Er hatte seine Frau bewusst aus allen geschäftlichen Dingen herausgehalten. Papa sorgt schon für euch, sagte er immer. Und lange Zeit hatte er das auch wirklich sehr gut vermocht. Die Firma war sein Ein-und-Alles gewesen, dafür ließ er sich sogar mit Thaut ein. Zum Schluss zeigte der ihm die kalte Schulter. Die „Tiefbaufirma“ vergab keine Aufträge mehr an den Subunternehmer Wolf. Das Ende seiner Existenz. Dabei spielte Wolf mit, so gut er konnte. Er erstellte jede Rechnung, die Thaut verlangte. Nur, als er immer mehr Baumaterial einsparen sollte, wurde ihm die Sache zu heiß. Bei Chemnitz wollten sie Betonrohre unter die Autobahn ohne das dafür nötige Sandbett verlegt haben. Er, als Fachmann konnte sich ausrechnen, wann die Rohre durch die Erschütterungen der Straße zerstört werden und dann würden sie ihn zur Rechenschaft ziehen. Das Auffliegen der frisierten Rechnungen fürchtete er weniger, schließlich zahlte das Autobahnamt widerspruchslos, wie Thaut ihm immer wieder versicherte. Sie bedienten sich dort wohl eines Mittelmannes. Die würden niemals freiwillig zugeben, Rechnungen nicht exakt geprüft zu haben. Die Faulheit der dortigen Sesselpubser hielt seine Firma am Leben. Bis Thaut ihm keine Aufträge mehr erteilte.

Diese vollmundigen Versprechungen bei reichlich Alkohol und hübschen Mädchen im Leipziger Vergnügungsviertel. Wolf erinnerte sich genau an jenen Abend im Rotlichtmilieu. Thaut, in dem ganz mit rotem Samt eingerichteten Raum, wie er großspurig mit Geld um sich warf, in jedem Arm eine Nutte. Jochen Thaut, verantwortlicher Bauleiter des Tiefbaukonzerns in Sachsen. Er konnte nach Belieben Subunternehmer mit Aufträgen versorgen oder auch nicht. In Wolfs Fall tat er das so lange, wie der widerspruchslos mitspielte. Dann bezahlte er nicht einmal mehr die tatsächlich erbrachten Leistungen. Wolf musste seinen Leuten erst Kurzarbeit zumuten und sie dann nach und nach entlassen.

Was glaubt dieser Thaut eigentlich, wer er sei? Ein kleiner Gott? Einer der nach Lust und Laune Existenzen vernichten konnte? Wolf wusste, dass er in absehbarer Zeit die Raten für sein Haus nicht aufbringen konnte. Der Neuaufbau der Firma ausgeschlossen. Als Arbeitnehmer zu alt. Wolf war am Ende und riss neben seiner Familie auch seine Arbeiter mit in Abgrund. Die Arbeitslosigkeit im Baugewerbe war hoch.

Doch so billig sollte Thaut nicht davonkommen. Den wollte er sich vorknöpfen, er hatte schließlich nichts mehr zu verlieren. Wolf griff zum Telefon.

Der Chef sei in Urlaub, antwortete dessen Sekretärin. Er halte sich noch bis Mitte September in seinem Ferienhaus auf. Wahrscheinlich war die Dame noch nicht darüber instruiert, dass Wolf nicht mehr zum Kreis der Eingeweihten gehörte und gab freimütig Auskunft.

Ferienhaus? Wolf erinnerte sich an das großkotzige Gehabe des Bauleiters. Außer der Villa in Radebeul pranzte er mit seinem Reetdachhaus an der Nordsee. St. Peter-Ording. Irgendein Bekannter hatte sich dort niedergelassen und was andere taten, musste Thaut übertrumpfen. So groß wird der Ort wohl nicht sein, dass sich der Bauleiter nicht finden ließe. Kein Eintrag einer Telefonnummer, also keine Adresse. Wolf wollte sich nicht so einfach geschlagen geben. Zumindest das Geld für einen Neubeginn schuldete ihm Thaut. Davon wollte er ihn schon überzeugen. Sobald er ihn dort oben gefunden hatte.

5.

Jans Vormittagsstunden zogen sich jetzt immer endlos hin. Natürlich hätte er ausschlafen können, nur – es ging nicht. Ob es an den jahrzehntelangen unregelmäßigen Diensten lag oder ob sein Körper sich stur weigerte, eine Extraportion Schlaf anzunehmen. Jan wusste es nicht. Morgens gegen sieben Uhr rumorte er bereits in der Küche herum. Wenn er schon wach war, wollte er wenigstens das Frühstück vorbereiten. Um diese Zeit schliefen die Touristen noch. Er und Moppel wurden zügig bei Bäcker Siercks bedient. Das heißt, Moppel musste natürlich vor dem Ladengeschäft warten. Spätestens halb Acht stand der dampfende Kaffee auf dem Tisch. Diesem Duft vermochte Marlene nicht zu wiederstehen. In ihren bodenlangen, flauschigen weißen Bademantel gehüllt, genoss sie den Muntermacher und besprach mit Jan den Tagesablauf.

Jans Gedanken irrten ab. Ihr Bademantel war verrutscht und zeigte, dass sie darunter nichts trug. In seinen langen, einsamen Jahren hatte Jan vergessen, wie sinnlich das Zusammenleben mit einer Frau sein konnte. Er fand es mit Marlene besonders schön, weil sie nun – im Gegensatz zu seinen jungen Ehejahren – keine Störung durch Kinder befürchten mussten. Seine Hand glitt unter ihren Bademantel. Es gab nichts mehr zu reden – nur noch sie beide.

Nachher flüsterte er an ihrem Hals „Ich will etwas tun. Soll ich einkaufen?“

Marlenes Finger zogen an seinem Stoppelhaar. „Bitte nicht. Das letzte Mal, als Du einkaufen gingst, habe ich in unguter Erinnerung.“

Jan biss sich auf die Unterlippe. Stimmt. Solange er allein lebte, kaufte Frau Brausewetter für ihn ein. Er kannte weder Preise noch Markennamen. Mit diesem völlig unzureichenden Ausbildungsstand in Sachen Warenkunde schob er einmal seinen Wagen durch den Supermarkt. Die Positionen auf seinem Einkaufszettel arbeitete er gewissenhaft ab. Dann geriet er in verführerische Warenansammlungen. Sonderangebote. Ausgesprochen günstig. Je mehr man davon nahm, um so größer die Ersparnis. Sparsamkeit, fand Jan, ist eine erfreuliche Tugend. Nach kurzem Kopfrechnen packte er ein: Zehn Großpackungen Waschpulver, zwei Paletten Johannisbeerkonfitüre, ein Karton irische Butter und auch die für wenig Geld zu habende Stiege Pfirsiche fand sich in seinem überquellenden Einkaufswagen.

Marlene verspeiste tapfer eine Woche lang die überreifen Pfirsiche, wollte dann aber lieber wieder selbst einkaufen gehen.

Sie glitt aus seinem Arm und verschwand unter der Dusche. Ihm blieb nichts anderes übrig, er musste sich selbst beschäftigen. Ein Glück, dass Moppel regelmäßiger Spaziergänge bedurfte. Wenigstens einer, der ohne ihn nicht klarkam.

Nach einem halbstündigen Gang über die Dorfstraße bis zum Kreisverkehr und von dort weiter auf der Wittendüner Allee bis zum Galerie-Kaffee, erreichte er mit dem Hund den Feldhausweg. Der dort liegende stattliche Haubarg gehörte Friedrich und Alexa von Trostorff. Na ja, eigentlich gehörte er der Bank. Der helle Kies knirschte unter seinen Füßen, ansonsten blieb es still. Für gewöhnlich schallte ihm schon in der Auffahrt Kinderlachen oder -gezänk entgegen, um diese Vormittagsstunde waren die beiden Trostorff'schen Nachfahren im Kindergarten.

Zwischen den Kugelbuchsbäumen dösten zwei Beagle in der Sonne. Für Magnusson hatten sie nur einen müden Blick übrig, den auftauchenden Moppel begrüßten sie stürmisch. Das glockenartige, helle Gebell rief die Hausherrin auf den Plan. Angetan mit ihrer Berufskleidung, dem Tierarztkittel, trat sie zu ihm.

„Moin, Jan! Ich warte auf einen Patienten. Er sollte längst da sein. Es ist eine Rotwangenschildkröte."

Alexas Praxis war gut angelaufen. Diese Einnahmen hatten sie auch bitter nötig. Die Restaurierung des Haubarges verschlang Unsummen.

„Wie geht's den Pferden?", Jan wusste, dass Dezka und Harras, ebenso wie die Hunde, den Status von Familienmitgliedern besaßen.

„Prima. Wir haben zur Zeit Gäste, die haben ihre eigenen Pferde mitgebracht. Unser Konzept bewährt sich. Komm', wir gehen zur Koppel!"

Sie schlugen einen schmalen, kieselgepflasterten Weg längs des Haubarges ein. Dahinter öffnete sich eine weite Wiese, auf der die Pferde grasten.

„Die beiden Schecken da", Alexa wies auf zwei Apaloosa-Pferde, „die gehören unseren Feriengästen. Dezka und Harras stehen da hinten."

Magnusson kannte die beiden Araber. Als er Marlene am Strand kennenlernte, ritt sie auf dem Hengst.

Die Stute hob neugierig den Kopf und trottete gemächlich heran.

„Und die, da hinten?", er deutete auf zwei Braune am Rand der Koppel.

„Tja, das sind zwei Zugänge. Unbekannter Herkunft. Ob Du es glaubst, oder nicht, die standen heute früh einfach da. Wir haben keine Ahnung woher die Tiere kommen."

Sie tätschelte Dezka den Hals. „Natürlich haben wir sofort auf Deiner ehemaligen Dienststelle angerufen und das gemeldet. Seltsamerweise vermisst keiner in der Umgebung Pferde."

„Kommt so was oft vor?"

„Ach, hin und wieder gehen schon mal welche durch den Zaun, wenn sie erschrecken oder büxen aus, wenn sich Gelegenheit dazu ergibt. In der Regel sind die nach einigen Stunden wieder bei ihren Besitzern. Jemand muss diese Pferde bei uns eingestellt haben. Derjenige hat auch heute nacht das Gatter wieder sorgfältig verschlossen. Merkwürdig, findest Du nicht?"

Magnusson musterte mit zusammengekniffenen Augen die weidenden Tiere.

„Keine Kennzeichnung? Irgendeine Identifikationsmöglichkeit?", forschte er weiter.

„Nichts. Schwarze Halfter. Keine Führleine. Weder Chip noch Brandzeichen. Wir müssen warten. Friedrich klappert gerade ein paar Bekannte ab, vielleicht haben die etwas gehört."

Auf dem Kiesweg näherte sich ein untersetzter Mann. Er trug einen geflochtenen Korb vor sich her, wie ein Präsent.

„Die Rotwangenschildkröte", Alexa verabschiedete sich hastig von Jan. „Ich muss in die Praxis. Grüß' Marlene und schaut wieder mal vorbei. Abends, wenn hier Ruhe ist!"

Am nächsten Tag strich Marlene Jan schmeichelnd über die glatt rasierten Wangen.

„Es ist nur eine Ausnahme. Versprochen. Du würdest Wencke und Sören doch auch jederzeit unter die Arme greifen, oder?“

Natürlich würde er das. Zu jeder Tages- und Nachtzeit. Sogar sehr gerne. Leider kamen die offensichtlich bestens ohne ihn zurecht. Marlene wollte einer erkrankten ehemaligen Kollegin helfen, indem sie deren Lektorat übernahm. Einfach so, ohne ihn vorher zu fragen. Wie er die Sache einschätzte, würde sie sich mindestens zwei Wochen in ihrem Arbeitszimmer vergraben und er konnte sehen, was er tagsüber mit sich anfing.

„Geh’ mit Moppel an den Strand, der freut sich!“, mit sanfter Stimme versuchte sie, ihm Alleingänge schmackhaft zu machen. „Oder wie wäre es mit einer Mitgliedschaft in einem Verein? Shantychor, Speeldeel, Bosselverein … es gibt genügend Angebote.“

Magnusson verdrehte die Augen. Er auf der Bühne der Speeldeel – eine schlimmere Fehlbesetzung kaum denkbar.

Der Hund hörte seinen Namen und stand prompt mit erwartungsvoll glänzenden Augen an Jans Seite. Magnusson wusste, dass die Wissenschaft jegliche Theorien darüber, dass Tiere unseren Wortschatz verstünden, mit Vehemenz abstritt. Trotzdem war Moppel in der Lage, eine Reihe von menschlichen Äußerungen richtig einzuordnen. Ein beiläufiges: … es gibt gleich Mittagessen …, führte den Hund zielsicher Richtung Küche, während die bloße Erwähnung von „Strand“ in Kombination mit „wo ist meine Jacke?“, oder „… hast Du die Hundeleine irgendwo gesehen?“, ihn abmarscherwartend zur Wohnungstür dirigierten.

Tauchte dagegen „Frau Brausewetter“ in einem Satz auf, trollte er sich sicherheitshalber in sein Körbchen. Nicht, dass die ehemalige Haushälterin seines Herrchens ihm je etwas getan hätte, aber Frau Brausewetter führte ein straffes Regiment und scheute auch nicht davor zurück, ihm mit Hilfe des Schrubbers Beine zu machen. Zu Moppels Freude tauchte die resolute Dame nur noch gelegentlich auf. Mit Jans Eheschließung war sie als Haushaltshilfe entbehrlich geworden.

An Marlenes Aushilfstätigkeit als Literaturwissenschaftlerin gab es wohl nichts mehr zu rütteln. Jan versuchte, wenigstens einen kleinen Vorteil für sich heraus zu schinden.

„Also gut. Tagsüber lasse ich Dich in Ruhe. Aber wenn ich schon mit dem Hund allein unterwegs sein muss, verlange ich einen Ausgleich. Eine Wiedergutmachung.“

„Woran hast Du denn gedacht?“, amüsiert musterte sie ihr Ehegespons. Der bei ihrer ersten Begegnung so mürrisch und verbittert wirkende Polizeibeamte hatte sich in der kurzen Zeit, welche ihre Verbindung erst dauerte, zu einem lebensfrohen, attraktiven Mann in den besten Jahren gemausert. Seine hellgrauen Augen leuchteten unter den dichten Brauen hervor und auch der schön gezeichnete Mund bildete nur noch sehr selten diesen dünnen Strich, den die fest aufeinander gepressten Lippen hervorrufen konnten. Das einzige, was ihm noch fehlt, ist eine Aufgabe, dachte Marlene. Kein beruflicher Dauerstraße mehr, aber irgendetwas, was ihn interessiert und beschäftigt.

„Mhm, mal sehen“, Jans Augen wanderten in gespieltem Nachdenken zur Decke.

„Wir waren schon ewig nicht mehr zusammen aus. So ein richtig feines Abendessen … mit allem Gedöhns … ja, ich glaube, das wäre angemessen. Wenn meine Frau schon arbeitet, können wir uns das guten Gewissens leisten." Seine Augen funkelten. Es gab einen geheimen Code zwischen ihnen. Das eigentlich unverfängliche ‚Ausgehen' versprach Jan mehr Vergnügen, als sich Außenstehende darunter vorzustellen vermochten.

Marlene schob sich lachend die Lesebrille ins Haar. „Einverstanden. Das Ambassador wäre mir recht. Besonders, weil man dort auch tanzen kann."

Damit traf sie bei Jan einen wunden Punkt. Wenn er etwas hasste, dann war es Tanzen. Diese öffentlichen Verrenkungen konnte ihn selbst Marlene nicht abfordern. Selbst bei seiner ersten Hochzeit hatte er damals nicht mit Sabine, der Geschiedenen, getanzt.

„Nö,nö! Das vergiss aber mal ganz schnell wieder. Von einem opulenten Abendessen war die Rede. Nix mit diesem albernen Gehopse!"

Sie neckten sich noch eine Weile, dann pfiff er nach dem Hund und schritt mit ihm über die Olsdorfer Straße zügig Richtung Südstrand.

Die Wolken hingen tief. Ein merklich kühlerer Wind machte sich bemerkbar und Magnusson erreichte gerade das Backhus, als eine Böe ihm Regen ins Gesicht peitschte. Normal für die Westküste. Das Wetter wechselte schnell, am Horizont tasteten sich bereits wieder erste Sonnenstrahlen hinter dunklen Regenwolken hervor. Keine halbe Stunde und der Schauer würde vorüberziehen. Magnusson schlug den Kragen seiner Wetterjacke hoch, zog den Kopf zwischen die Schultern und stemmte sich unverdrossen dem Wind entgegen. Hinter dem Backhus säumten einige schöne Einfamilienhäuser den Weg Richtung Südstrand. Kurz vor der Reha-Klinik „Goldener Schlüssel“ lag ein Reitstall. Dorthin wollte er und sich mal ein bisschen umhören. Niemand würde etwas dabei finden, wenn sich der ältere Herr mit seinem Hund vor den Regenschauern ins Trockene flüchtete.

Im Stallgang lungerten zwei Dalmatiner herum. Moppel – vom Wesen her freundlich und jeglicher Aggression abhold – vollführte die hundeüblichen Begrüßungszeremonien und nach ihrerseits ausgiebigen Beschnüffeln legten sich die Reitstallhunde wohlwollend zu Jans Füßen. An einer Anschlagtafel wurde für Reitstunden geworben und geführte Ausritte an den Strand empfohlen. In der Reithalle ritt ein junges Mädchen auf einem bildhübschen Friesen. Durch die zierliche Gestalt auf seinem Rücken wirkte das schwarzglänzende Pferd mit den seidigen Behängen noch gewaltiger. Eine ebenfalls noch jungendliche Reitlehrerin gab ihre Anweisungen. Die Kommandos hallten in dem großen Raum nach. Ansonsten konnte Jan niemand entdecken. Ein Teil der Boxen war leer, aus anderen verfolgten ihn neugierige Pferdeaugen. Die Tiere wirkten entspannt und ließen sich auch von Moppels Geschnüffel nicht aus der Ruhe bringen. An einer leeren Box stand mit Kreide etwas auf einer Tafel geschrieben. Er trat einige Schritte näher. „Faschingsdienstag“ stand dort und darunter „Gast“. Was sollte das bedeuten? Erwartete man erst am Faschingsdienstag einen Gast und hielt die Box frei?

„Suchen Sie jemand?“, erklang eine Jungmädchenstimme hinter seinem Rücken. Die Reiterin aus der Halle. Sie hielt den mächtigen Friesen am Zaumzeug. Jan musste unwillkürlich schlucken. Das Mädchen hatte Modellmaße, mindestens einsachtzig groß. Aber im Gegensatz zu den über die Laufstege wandelnden Hungerhaken war ihre Figur perfekt proportioniert. Die engen Reithosen, die Stiefel, das durchgeschwitzte Shirt … Sie griff sich ins Haar, löste ein Band und das überschulterlange hellblonde Haar viel herab. Sie zupfte Stroh heraus und lehnte ihren Kopf gegen den Hals des Pferdes. Was für ein Kontrast, dachte Magnusson, das schwarze Tier gegen ihren hellen Schopf. Unwillkürlich dachte er an einen Engel. So muss ein Engel aussehen …

Jan riss sich zusammen, schüttelte den Kopf und deutete auf die Box. „Bleibt wohl noch eine Weile leer, was?“

„Wieso? Sein Besitzer ist mit ihm am Strand … Ach, der Name …!“, sie lächelte. Wieder drängte sich ihm der Vergleich mit einem Engel auf. „Der Wallach heißt so, er wurde an einem Faschingsdienstag geboren.“

Sie befestigte den Friesen mit geübten Griffen an den dafür vorgesehenen Halterungen im Stallgang, holte eine Kiste mit Putzzeug und vertiefte sich dann in die Säuberung des Pferdes.

Magnusson schaute ihr fasziniert zu. Die Pferdevernarrtheit junger Mädchen war ja allgemein bekannt und er fürchtete insgeheim den Moment, in dem seine Enkeltochter Gitte ihn bestürmen würde, der Opa solle ihr doch bitte, bitte ein Pferd kaufen. Dabei wurde ihm bewusst, das die Blonde altersmäßig leicht seine Enkeltochter sein könnte. Er wischte diesen Gedanken schnell beiseite. Was er fühlte, war weit davon entfernt. Gerade bückte sie sich und das Shirt entblößte ein Stück ihres Rückens. Ihm brach der Schweiß aus. Verdammt, was war nur plötzlich los? Sonst brachte ihn doch aus keines der jungen Dinger aus der Fassung.

„Reiten Sie auch?", das Mädchen holte ihn mit ihrer Frage aus seiner Traumwelt zurück.

Während sie fragte, hielt sie eines der kräftigen Vorderbeine und beugte sich mit dem Kratzer über den Huf.

„Nein – bloß nicht! Kennen Sie sich mit den Pferden hier im Ort aus?"

Sie blickte von schräg unten, vorbei an einem Vorhang aus lichtblondem Haar, zu ihm auf.

Sie hat graue Augen wie ich, dachte Magnusson.

„Ja. Die meisten schon. Viele nehmen ja auch am Ringreiten oder am Springen teil. Da prägt man sich die Tiere automatisch ein. Warum fragen Sie?"

„Tja, irgendwo hier in der Nähe müssen Pferde ausgebüxt sein. Sie stehen bei Freunden auf der Koppel. Haben Sie gehört, ob jemand Tiere vermisst?"

Sie ließ den Huf sinken und dachte nach.

„Nein. Fragen Sie doch mal die Polizei!"

„Gute Idee. Es scheint aber niemand nach ihnen zu suchen."

„Ich kann mich ja mal hier im Reitstall umhören", bot sie ihm an, „vielleicht weiß jemand etwas."

„Sehr freundlich. Und wenn sich etwas ergibt, auch wenn es nur eine Vermutung ist, sind Sie dann so nett und rufen mich an?" Er reichte ihr seine Karte. Sie versprach es und lächelte wieder. Jetzt aber schnell raus hier, dachte Magnusson, sonst drehe ich noch völlig ab.

Er verließ gutgelaunt den Reitstall. Nicht nur wegen des reizenden Mädchens. Auch weil er sich – und das hatte vielleicht doch etwas mit der Blonden zu tun -, wieder in frühere Zeiten versetzt fühlte. Wo stand denn geschrieben, dass ein pensionierter Polizeihauptkommissar keine Fragen stellen durfte? Die Sache begann ihm Spaß zu machen. Wenn ihm sein Instinkt nicht etwas vorgaukelte, steckte hinter der harmlosen Angelegenheit mehr, als die ausgebüxten Pferde vermuten ließen.

Es fehlte nicht viel und Jan Magnusson hätte beim zügigen Voranschreiten auf der Deichkrone ein wenig vor sich hingepfiffen.

6.

Die Arztpraxis in der Badallee war bei Egelmanns Eintritt gut gefüllt. Für ihn besaß der Patientenandrang keine Bedeutung. Privatpatienten waren in jeder Praxis gern gesehen, da die Ärzte bei der Honorarabrechnung die streng gedeckelten Kassenbudgets gut und gerne um das Doppelte überschreiten durften. Die Schwester begleitete ihn zu einem Ledersessel am Fenster und versicherte ihn der alsbaldigen Konsultation des Arztes.

Egelmann blieb Zeit, seinen gegenwärtigen Zustand zu reflektieren. Er, der sein Leben lang raffiniert und listig jede Situation zu seinen Gunsten nutzte, wartete nun hier, um einem Mediziner seine innere Erschütterung darzulegen. Wie hatte dieser Eichenwald gemeint? Psychische Angegriffenheit? Der Gedanke an ein Versagen seiner Denkfähigkeit beunruhigte in heftig. An körperliche Einschränkungen gewöhnt man sich mit den Jahren, aber langsam verrückt zu werden, das war entsetzlich. Gerade er, der immer alles im Griff hatte. Wenn man ihm vor fünf

Jahren nervliche Angeschlagenheit prophezeit hätte, Egelmanns Antwort wäre ein überlegenes Grinsen gewesen. Im Amt ein souveräner Entscheider, einer, dessen schlagfertiger Argumentation sich auch seine Vorgesetzen nicht verweigern konnten.

Sein Kollege dagegen … Das reinste Weichei. Dieser Manfred Gerber besaß als studierter Bauingenieur zwar die nötigen fachlichen Voraussetzungen, zeigte aber keine Nervenstärke. Ständig überprüfte er alles dreimal, fand hier und dort etwas Korrekturbedürftiges und brütete tagelang über einfache Unterlagen. Egelmanns Vorschlag, die Dinge zu vereinfachen und großzügiger zu handhaben, brachte ihm nur einen panischen Blick von Gerber ein. Dessen langatmige Erläuterungen über korrekte Kostenvoranschläge, exakte Bauausführungen und wiederholte Kontrollen fand Ferdinand Egelmann einfach nur lästig. Korinthenkackerei. Der pedantische Kerl drohte ihm noch das Geschäft zu versauen. Bis eine treffliche Idee sowohl Gerber als auch ihn zufrieden stellte. Egelmann erfand die doppelte Buchführung für Bauunterlagen. Bedeutete zwar eine Menge Aufwand, rechnete sich aber.

Wenn Gerber von nun an zufrieden die geprüften Akten abzeichnete, machte sich Egelmann nach Feierabend erst richtig an die Arbeit. Die Bauausführung lag ohnehin in den Händen eines einzigen Unternehmens. Dieser Umstand wurde zwar von Gerber öfters kritisch hinterfragt, da seiner Meinung nach die Mitbewerber günstigere Kostenvoranschläge einreichten, dagegen Einschreiten konnte er nicht. Submissionsbetrug – ein nur schwer nachzuweisendes Delikt. Wenn alle davon Profitierenden dichthielten.

Am Ende scheiterte Gerber an seinen Tugenden. Ehrlichkeit, korrektes Arbeiten, Unbestechlichkeit – alles gut und schön, nur, in der heutigen Wirtschaft nicht zu gebrauchen.

Wenn beispielsweise die von Gerber geprüften Baupläne für ein 2,8 Kilometer langes Teilstück Autobahn etwa zehn Millionen kosten sollten, in der Endabrechnung einen weit höheren Betrag ergaben, dann geriet der korrekte Prüfer in Erklärungsnot. Der arme Tropf ahnte nicht, welche gigantischen Summen an Differenzbeträgen in Egelmanns doppelter Buchführung verschwanden. Von den gelegentlichen Treffen zwischen dem Bauleiter des bauausführenden Unternehmens und Egelmann erfuhr Gerber nie etwas, schließlich waren diese Kontakte rein privater Natur.

Die zahlreichen Brückenbauten brachen Gerber dann das Genick. Das heißt, das Genick brach er sich selbst, als er von einer solchen in den Tod sprang. Es müssen die ausufernden Differenzbeträge gewesen sein, die ihn in den Suizid trieben. Seine Kalkulationen hielten den Revisionen nicht mehr stand. Er ahnte wohl, dass Egelmann hier seine Hand im Spiel hatte, nur, wie sollte er den des Betruges bezichtigen? Unter allen Zahlungsanweisungen stand seine Unterschrift gleichberechtigt neben der Egelmannschen. Es gab für ihn keine Chance.

Manfred Gerber zog die Konsequenzen aus seiner Naivität und wurde damit postum zum Sündenbock für alle bisherigen Ungereimtheiten, ausufernden Kosten und eventuellen Korruptionsverdächtigungen im Amt. Ferdinand Egelmann wies glaubwürdig nach, dass er von den Machenschaften dieses Gerbers nichts wusste. Kurz darauf ging er in den wohlverdienten Ruhestand und übergab sein Büro dem jungen Nachfolger.

Immer behielt er die Nerven. Jeder kritischen Situation zeigte er sich gewachsen. Nichts konnte ihn verunsichern, weder der real existierende Sozialismus mit seinem Kasperletheater, noch der Wechsel in die freie Wirtschaft. Bis zu jenem Vormittag im Garten. Wenn er nur wüsste, was dort mit ihm geschehen war. Aus dem skrupellosen Mann war in wenigen Stunden ein anderer Mensch geworden. Und dieser Mensch bestand nur noch aus Angst. Angst, dass dieses dunkle Gesicht wieder auftauchte und ihn abermals zum Werkzeug machte.

Die Arzthelferin stand schon eine Weile neben dem Sessel.

„Herr Egelmann, hallo, Herr Egelmann … hören Sie mich?", sie berührte ihn vorsichtig am Arm. Der ältere Herr schien etwas verstört, vielleicht gar dement zu sein.

„Sie sind dran, der Doktor erwartet Sie!"

7.

Der Blick war phantastisch. Die See lag spiegelglatt vor ihnen, es wehte nur ein leichter Wind. Am fernen Horizont einige Krabbenkutter. Wie von Geisterhand gezogen, bewegten sie sich auf der schmalen Linie, welche Himmel und Wasser trennte.

Lorenz Fraasen stützte sich, die Arme weiter auseinandergesetzt, auf der Balkonbrüstung ab.

Es sah aus, als wolle er jeden Moment eine Rede halten. Jasmin amüsierte sich nicht zum ersten Mal über seine Neigung zu theatralischen Gesten. Vielleicht verliebte er sich gerade deshalb in sie, weil sie als Dramaturgin eben Sinn für solches besaß und den Umgang mit Schauspielern gewohnt war. Denn ein Schauspieler – wenn auch ohne klassische Ausbildung -, war Lorenz Fraasen ohne Zweifel.

Sie lernte dieses Naturtalent auf einer Vernissage kennen und hielt ihn zuerst für den Künstler höchstselbst. Er stand in weißem Anzug und hellblauem Hemd neben der Nachrichtensprecherin eines Privatsenders und referierte so selbstbewusst und sachkundig über die Maler der neuen Leipziger Schule, dass die Vermutung, er sei selbst Künstler, nahe lag. Jasmin positionierte sich mit einem Sektglas in der Hand unauffällig an seiner Seite und hörte zu. Bereits nach wenigen gehörten Sätzen wurde ihr klar, dass dieser Mann auf der Suche nach einer sicheren Geldanlage hier war.

Lorenz Fraasen beobachtete die Börse genau. Kein Zweifel, die Blase würde früher oder später platzen. Die Frage war nur, wann der Absturz erfolgte. Es galt, rechtzeitig auszusteigen und in klassische Werte, als da waren: Gold, Immobilien und krisenunabhängige Kunst, zu investieren. Die erste Position abzuhaken, stellte kein Problem dar. Noch befand sich der Goldkurs im akzeptablen Bereich. Wie lange wohl noch. Für Punkt zwei benötigte er schon mehr Zeit. Seine Wunschimmobilie auf Mallorca ließ sich nicht so leicht finden. Der Markt schien wie leergefegt. Außerdem brachte er die Makler mit seinen Ansprüchen schier zur Verzweiflung. Gut erreichbar sollte die Finca sein, aber dennoch genügend Abstand zu etwaigen Nachbarn bieten. Das Objekt sollte geräumig, aber nicht überdimensioniert sein. Hinsichtlich des Baustiles bestand er auf regionaltypische Materialien. Häusern, welche ihn mit einer zementierten Barockbalustrade empfingen, kehrte er bereits vor der eigentlichen Besichtigung wieder den Rücken. Der künftige Wohnsitz sollte beides vereinen: sichere Wertanlage und Wohlfühlhaus. Nach etlichen Besichtigungen fand er es. Eine aus ockerfarbenem Stein erbaute, großzügige Finca, nicht weit vom Flughafen und doch gut versteckt zwischen üppiger, mediterraner Vegetation.

Der Besuch der Vernissage sollte eigentlich nur dem Erwerb eines der Bilder dienen, die Bekanntschaft mit der attraktiven dunkelhaarigen Dramaturgin war ein zusätzlicher Gewinn.

Schon seit geraumer Zeit seiner langjährigen Freundin überdrüssig, kam nun der geeignete Zeitpunkt, die lästige Beziehung zu beenden.

Jasmin reagierte auf seine Annäherung so, wie er es vorausberechnete. Sie bewunderte ihn und gab damit seinem Ego Auftrieb. Vor ihr konnte er mit seinem Wohlstand glänzen. Für die Ex-Freundin war Luxus eine Selbstverständlichkeit gewesen, den sie kommentarlos konsumierte. An Jasmins Seite wuchs er zum Krösus. Betont blasiert monierte er im Nobelrestaurant das Essen und rief damit den Sterne-Koch auf den Plan, der sich redlich mühte, die Herrschaften zufrieden zu stellen.

Mit einem dieser sündhaft teueren Kleidchen löste er bei Jasmin wahre Begeisterung aus. Noch nie kaufte sie in einer der Boutiquen mit den klangvollen Namen ein.

Fraasen fand, eine naive und leicht lenkbare Frau wie Jasmin sein genau die richtige Gattin für ihn und eine gute künftige Mutter seiner Kinder. Er machte ihr bereits vier Wochen nach der Vernissage einen Antrag, sie nahm überglücklich an und die Beziehung würde in absehbarer Zeit in eine Ehe mit Gütertrennung münden.

Jasmin erhob sich aus dem Korbsessel. Hier, ganz oben im Hotel, fühlten sich die Gäste besonders wohl. Der Blick über die Salzwiesen auf den Strand und die See – herrlich.

Sie stellte ihr Campariglas auf den Tisch und lehnte sich glücklich an Fraasen.

„Gefällt es Dir, Lorenz? Die Nordsee ist zwar nicht mit dem Mittelmeer vergleichbar, dafür ist sie viel zu rau und ungestüm, trotzdem finde ich sie genau so schön. Die See ist hier oben noch wirkliche See, irgendwie ehrlicher, kein Meer für Warmduscher. Weißt Du, was ich meine?"

Fraasen drehte sich grinsend zu ihr um, lehnte sich lässig an die Brüstung und schob dandyhaft seine Hände in die Taschen der weißen Segelhose. Den rechten Fuß kreuzte er über den linken und stellte dabei den handgenähten Mokassin aus Elchleder leger auf die Spitze. Die Pose eines Globetrotters der Oberschicht.

„Mag sein. Ich habe mich nicht ohne Grund für den mediterranen Raum entschieden. Hast Du eine Vorstellung, was es in einigen Jahren kosten wird, hier in diesem rauen Klima ein Haus von annehmbarer Größe zu beheizen? Die Kursentwicklung des Ölpreises ist ein Indiz für die künftigen Lebensumstände. Das Barell Öl wurde vor einem Jahr an den Börsen für 60 Dollar gehandelt. Schau Dir die heutige Kursentwicklung an und Du weißt, wo die Reise hingeht. Momentane künstliche Verbilligungen sind nur hilflose Versuche, die tatsächlichen Gegebenheiten …", Fraasen hielt ihr locker und souverän einen mit Fachausdrücken der Börsianer gespickten Vortrag. Er schwang elegant von den aktuellen Börsenkursen zur

Tagespolitik und gestattete sich auch einen verbalen Abstecher zu den allgemeinen Wirtschaftsaussichten des Landes. Wenn Jasmin ihn richtig verstand, geriet der Staat mit seinen unermesslichen Schulden immer mehr ins Trudeln. Ausgeplündert von dilettantischen Politikern, einem Heer aus infantilen Verwaltungsbeamten sowie Firmenbossen, die zu dem Geschäft, was sie eigentlich interessieren sollte, keinerlei Bezug mehr besaßen. Für die Aktionäre war die Rendite bedeutsam, nicht das Unternehmen an sich.

„Was Du alles weißt!“, sie schaute bewundern zu ihm auf, „Hausse und Baisse … das Auf- und Ab der Börsenkurse … und dabei bist Du gar kein Banker, sondern arbeitest für einen Baukonzern. Ich verstehe nichts von dem ganzen Zeug. Bei uns am Theater gibt es auch ein paar, die haben in Aktien investiert. Künstler müssen sich ja frühzeitig um ihre Altersvorsorge kümmern. Jedenfalls hat ihnen ihr Bankberater das Geld für die Zukunft gut angelegt.“

Fraasen wechselte Stand- und Spielbein. Sein Blick ruhte mitleidig auf Jasmin. Das kleine, hübsche Dummchen. Schnell wechselte seine Miene wieder zu der des Referenten.

„Deine sogenannten Bankberater wissen häufig selbst nicht, welcher Art die Geldanlagen sind, die sie da verkaufen. Hauptsache, der Kunde unterschreibt und die Bank kann sein Guthaben verzocken. Wenn Du zu den Gewinnern der Weltwirtschaftskrise gehören willst, musst Du den Markt selbst beobachten und schnell reagieren.“

Jasmin griff verwirrt zum Campariglas.

„Was meinst Du damit?“, sie klapperte nervös mit den Lidern. „Weltwirtschaftskrise wie damals in den dreißiger

Jahren? Soll das heißen, wir werden schlimmstenfalls auf den Äckern Deiner Finca arbeiten müssen? Ich kann mir Dich beim besten Willen nicht als Landwirt vorstellen." Sie kicherte bei der Vorstellung, wie Lorenz in Maßanzug und Seidenkrawatte die Schweine fütterte. „Außerdem bist Du bei Deinem Unternehmen in sicherer Position."

„Ich werde meinen Vertrag lösen, bevor der Vorstand es tut."

Er wurde Jasmin langsam unheimlich. Erst malte er dieses düstere Zukunftsszenario und auf einmal wollte er einfach aussteigen.

„Wolltest Du nicht von Mallorca aus …? Die Flugverbindungen sind doch so günstig …"

Fraasen schnitt ihr mit einer heftigen, keinen Widerspruch duldenden Handbewegung das Wort ab.

„Jede Diskussion darüber ist überflüssig. Meine Wohnung in Hamburg habe ich bereits verkauft. Aber keine Sorge, Du wirst Dir Deine zarten Hände nicht mit grober Feldarbeit ruinieren müssen."

Mit einem Lächeln, welches ihr Vater als ‚ölig' bezeichnet hatte, griff er nach ihrer Hand und küsste sie formvollendet.

Sie kannte ihn bereits gut genug, um zu wissen, dass er manche Entscheidungen auch weiterhin ohne ihre Zustimmung treffen würde. Es war nicht gerade eine gleichberechtigte Partnerschaft, auf die sie da zusteuerte. Trotzdem erschien ihr Lorenz Fraasen immer noch wie der Märchenprinz. Nach so vielen Fröschen.

Sie wechselte mit heiterer Stimme das Thema.

„Wir sind übermorgen bei meinem Vater eingeladen. Du gehst doch mit, Lorenz?"

Fraasens Miene zeigte keine Regung. „Meinetwegen. Heute abend habe ich eine geschäftliche Verabredung. Ich werde erst spät zurück sein. Mach' Dir einen schönen Abend."

8.

Frau Brausewetter entschloss sich, die Füße des Hausherrn einfach mit dem Wischmob zu umgehen. Herr Egelmann saß seit einer Stunde teilnahmslos im Sessel und rührte sich nicht. Seine Frau war wieder einmal allein unterwegs. Ein paar Tage Hamburg zum Einkaufen, meinte sie zu der Haushälterin und verschwand. Die resolute, ältere Dame wollte eigentlich gar keine Stelle mehr annehmen, nachdem sie bei den Magnussons überflüssig wurde.

Nur – der Brausewetter'sche Enkelsohn, ihr Liebling, für den sich einfach alles tat, wünschte sich so sehr eines dieser schweren Motorräder, dass die Oma versprach, etwas zuzuschießen und kurz entschlossen bei den Egelmanns ihren Job antrat. Dieses führte zwar zunächst zu einer heftigen Verstimmung mit ihrem Hinnark, welcher mit der Faust auf den Tisch schlug und verlangte, der Junge sollte sich gefälligst seine Wünsche selbst erfüllen.

Frau Brausewetter ignorierte den Protest ihres zürnenden Gatten und behauptete, er könne sich in die heutige Jugend gar nicht mehr hineinversetzen. Ja, es stimmte, zu ihrer Zeit ging es ihnen viel schlechter, da half niemand aus der Familie großzügig aus und man war schon stolz, wenn man ein Fahrrad besaß. Der Junge sparte doch schon, allerdings sind Lehrlingsgehälter nun nicht gerade üppig. Außerdem war er doch ihr einziger Enkel und so ein guter Junge … Hinnark gab sich geschlagen.

In Wahrheit ging es nicht nur um das Motorrad des Enkelsohnes. Schon auch, aber hauptsächlich langweilte sie sich ein wenig zu Hause. Sie brauchte einfach den Kontakt zu anderen Menschen. Büschen umschauen, Neuigkeiten austauschen, hier und da ein kleiner Schnack in den Geschäften …

Die Egelmannschen Verhältnisse gaben ihr zudem häufig Gelegenheit zum Kopfschütteln. Der Mann schien immer wunderlicher zu werden und die Frau ging ihre eigenen Wege. Die beiden Kinder wurden in einem Internat erzogen. Die armen Dinger. Frau Brausewetter bekam die beiden Teenager nur in den Ferien zu Gesicht und selbst dann hielten sie sich nur kurzzeitig im Elternhaus auf, weil sie bald wieder zu irgendwelchen Jugendcamps aufbrachen.

Egelmann saß immer noch regungslos an seinem Platz. Dieser ganze Untersuchungsmarathon bei den Ärzten hatte keine Ergebnisse gebracht. Was die ihm sagten, wusste er vorher auch schon: Übergewicht, zu hohe Leberwerte, zu wenig Bewegung, Vorsicht mit Alkohol. Keine Anzeichen für einen Schlaganfall. Psychische Angegriffenheit, wahrscheinlich altersbedingt. Er solle sich ein Hobby zulegen und täglich eine Stunde straff spazieren gehen. Diese Schwachköpfe. Die einzige Hilfe, welche sie ihm zuteil werden ließen, waren die Tabletten. Damit schief er endlich wieder. Keine Albträume mehr. Aber die Erinnerung an die Angst blieb.

„Die Zeitung, Herr Egelmann! Möchten Sie sich nicht damit ein wenig in die Sonne setzen, es ist so schön draußen!" Frau Brausewetter wedelte mit dem Blatt auffordern vor seiner Nase herum.

Die Frau führt sich auf wie ein Feldwebel, dachte Egelmann. Die blieb einfach fordernd neben ihm stehen. Er griff nach der Zeitung und ging watschelnden Schrittes auf die Terrasse. Wie immer, überflog er nur die Schlagzeilen.

Bei einer davon fuhr ihm der Schreck in die Glieder:

Betrügereien beim Ausbau eines ostdeutschen Autobahnabschnittes seien ans Tageslicht gekommen. Die verdächtigten Firmen sollten durch nicht fachgerechte Arbeit unglaubliche Mengen Baumaterial eingespart und trotzdem abgerechnet haben. Von Scheinfirmen war die Rede, Korruption und Submissionsbetrug. 30 Millionen sollen versickert sein. Das ganze Ausmaß noch nicht absehbar. Die Justiz verfolge zur Zeit Hunderte von Spuren.

Ihm brach der Schweiß aus. Wieso jetzt? Gerber war schon einige Jahre tot, damals hatten die Revisionen etliche Ungereimtheiten auf sein Konto gebucht. Er selbst hatte ausgesagt, dass Gerber mit seinen dienstlichen Obliegenheiten eher nachlässig umgegangen sei. Wahrscheinlich mangelnde fachliche Kenntnisse und daraus resultierende Überforderung.

Oder sollte Thaut etwa …? Nicht auszudenken. Jochen Thaut, Bauleiter der für den Autobahnbau zuständigen Tiefbaufirma, hielt die Fäden in der Hand. Das Ganze funktionierte wie geschmiert. Ja, im wahrsten Sinne des Wortes: Wie geschmiert.

Mit Egelmanns Übergang in den Ruhestand endeten die geschäftlichen Kontakte zu ihm.

Bei seinem letzten Besuch fand Thaut Gefallen an dem Wohnsitz der Egelmanns und wollte plötzlich auch so einen Zweitwohnsitz an der Westküste Schleswig-Holsteins. Nicht lange und er hatte ihn. Die Grundstückspreise spielten für ihn keine Rolle. Er hätte jeden geforderten Betrag gezahlt. Das riesige Anwesen stattete er mit allem aus, was gut und teuer war. In den letzten Jahren gab es keinen Grund mehr, die einstigen Kontakte aufrecht zu erhalten. Sie sahen sich gelegentlich, wie man sich eben zufällig trifft. In einem Restaurant, am Strand oder in den Geschäften des Seebades.

Egelmann schleuderte wütend die Zeitung auf den Gartentisch. Er musste Thaut aufsuchen und sich mit ihm absprechen, bevor die auf ihn kamen und irgendwelche Fragen stellten. Noch waren Ferien, Thaut also mit Sicherheit in seinem Zweitwohnsitz anzutreffen. Oder hatte der ihn bereits verpfiffen? Thaut reagierte erfahrungsgemäß eiskalt, wenn es galt, die eigene Haut zu retten.

Es blieb keine Zeit für Spekulationen. Er musste los. Sofort.

9.

Aus der Tanzbar drang Musik. Jan drehte der Tür demonstrativ den Rücken zu und nahm Marlene den leichten Trenchcoat ab. Sie trug ein knielanges, schmal geschnittenes schwarzes Kleid. Erst als sie sich umdrehte bemerkte er den fehlenden Stoff auf ihrem Rücken. Die Schulterblätter bedeckte schwarze Spitze. Ihr Haar schimmerte im Kunstlicht silberfarben. Magnussons Kleiderordnung gab für solche Anlässe nicht viel her. Er besaß ein englisches Tweedjackett, welches er seit einem Jahr bei solchen und ähnlichen Gelegenheiten trug, die einen zivilisierten Mann mit Hemd und Krawatte erwarten durften.

Der Kellner geleitete sie zu ihrem Tisch, zündete eine Kerze an und präsentierte die Weinkarte. Das Restaurant schien ausgebucht. Geblieben war nur dieser Vier-Personen-Tisch, der für zwei weitere, noch eintreffende Gäste reserviert wurde.

Marlene studierte ausgiebig die Weinkarte. Sie trug einen leuchtend roten Lippenstift, dessen intensiver Farbton vom Kerzenlicht nur wenig geschluckt wurde. Magnusson fand dieses Lippenrot phantastisch. Frauen besaßen die Wandlungsfähigkeit eines Chamäleons. War Marlene noch am Nachmittag mit windzerzauster Frisur in Gummistiefeln burschikos neben ihm durchs Watt gestiefelt, wirkte sie nun in den hochhackigen Riemchenschuhen und dem Make up wie eine Diva. Vergnügt bestellte er zwei Gläser Sekt. Für den Anfang – als Auftakt. Er entschuldigte sich bei ihr und suchte die Toilette.

Auf dem Flur zu dieser stand eine antike Standuhr, deren gemaltes Zifferblatt gerade ein Afrikaner interessiert begutachtete. Aus der Herrentoilette trat ein angetrunkener junger Mann. Als er den Afrikaner erblickte, verzog er geringschätzig die Mundwinkel und rempelte ihm beim Vorbeigehen an. Der geriet ins Taumeln, drehte sich um und musterte den Rempler gelassen.

Der Betrunkene schwankte bedrohlich.

„Was glotzt Du, Bimbo?“

Magnusson blieb stehen und wandte sich an den Pöbelnden.

„Wenn Sie keinen Alkohol vertragen sollten Sie die Finger davon lassen, statt hier die Gäste zu beleidigen.“

Der so Zurechtgewiesene blickte mit glasigen Augen auf Magnusson.

„Was geht Dich denn die Kohle an, Opa?“

„Mich geht alles etwas an“, Magnussons Lippen bildeten einen dünnen Strich. Die Augenbrauen drohend zusammengezogen, knurrte er den Jüngeren an: „Verschwinden Sie.“

Der Mann schien einen Moment seinen angetrunkenen Zustand gegen die Übermacht der beiden Männer abzuwägen, dann setzte er sich schwankenden Schrittes Richtung Tanzbar in Bewegung.

„Entschuldigen Sie“, Magnusson deutete eine leichte Verbeugung in Richtung des Afrikaners an, „sollte nicht vorkommen, passiert aber doch. Trotzdem einen schönen Aufenthalt hier noch.“

Der Dunkelhäutige lächelte und antwortete ebenfalls mit einer angedeuteten Verbeugung, indem er den Kopf auf die Brust senkte und so einen Moment verharrte.

Immer noch verärgert über die Pöbelei des Burschen kehrte Jan kurze Zeit später an seinen Tisch zurück. Zu seinem Erstaunen nahm der Afrikaner einen der beiden reservierten Plätze ein. Neben ihm saß ein weiterer dunkelhäutiger Mann. Die beiden schienen etwa gleich alt, oder besser gesagt, gleich jung zu sein. Magnusson schätzte sie auf Ende Zwanzig. Sie trugen dunkelgraue Anzüge zu leuchtend farbigen Krawatten, die eine schillernd grün, die andere in einem leuchtenden Königsblau.

Der Königsblaue erhob sich, streckte Jan die Hand entgegen und sagte lächelnd: „ Wir hatten bereits das Vergnügen, Herr Magnusson. Kajombo. Mein Bruder und ich heißen Kajombo. Sie haben sich vorhin sehr couragiert verhalten. Das ist nicht selbstverständlich."

Er sprach fast akzentfrei deutsch, mit der leicht erhobenen Stimmlage, die viele Dunkelhäutige im Gespräch einsetzen.

Marlene musste sich vorgestellt haben, woher sollten die sonst seinen Namen wissen.

„Wieso couragiert?", fragte sie neugierig.

Bevor Magnusson antworten konnte, erzählte der blaue Kajombo die Begebenheit und stellte Jan ins vorteilhafteste Licht. Ihm wurde das Ganze langsam peinlich und Jan wechselte das Thema.

Die beiden jungen Männer wirkten sehr kultiviert. Ihre Manieren und die sorgfältig gewählte Ausdrucksweise ließen auf eine erstklassige Erziehung schließen. Sie erzählten, dass sie ausgesprochene Liebhaber der deutschen Musik seien und hier besonders Wagner bevorzugten. Es sei ihnen gelungen, zwei der heiß begehrten Eintrittskarten für das Bayreuther Festspielhaus zu ergattern und sie seien anschließend von Franken nach St. Peter-Ording gefahren.

Beim Thema Bayreuth stellten sich Magnussons Nackenhaare auf. Hoffentlich kam Marlene nie auf den Gedanken, ihm eine solche Tortur zuzumuten. Soviel er wusste, dauerten die Opernaufführungen dort Stunden, welche man, auf hartem Gestühl hockend, überstehen musste. Eine „Ring-Aufführung" war eine ähnliche Belastungsprobe wie ein Halbmarathon.

Nein – Danke.

Im Laufe des Abends – zwischen Hummersalat und Deichlamm – erwähnte Marlene, dass sie beide Rentner seien und sich vorgenommen hatten, ein wenig in der Welt herum zu reisen.

Für dieses Jahr stehe Venedig auf dem Plan. Der afrikanische Kontinent stelle für sie allerdings auch eine große Verlockung dar.

Wie? Was? Von Afrika war nie die Rede, dachte Jan verblüfft. Andererseits – was sprach dagegen? Noch waren sie beide einigermaßen gesund. Mit Marlene auf Safari …

Der Königsblaue – sie wussten inzwischen, dass er mit Vornamen Chinayi hieß und sein Bruder Abibo – berichtete über ihre Herkunft. In Mocambique geboren, verloren sie während des Bürgerkrieges ihre Eltern und flohen mit Verwandten nach Malawi. In Malawi, selbst eines der ärmsten Länder des Kontinents, gerieten sie in ein karitatives Projekt der Kirche, welche in Europa Paten für sie gewann. Die beiden Brüder konnten Schulen besuchen, die Hochschulreife erwerben und schließlich in Deutschland Medizin studieren.

Sie erzählten in farbigen Schilderungen von der Schönheit der afrikanischen Landschaft und ermunterten Jan und Marlene, die angedachte Reise nicht lange hinauszuschieben.

Gedankenverloren und fernwehsüchtig betrachtete Marlene den Riesling in ihrem Weinglas und sprach mehr zu diesem als zur Tischgesellschaft:

„Afrika … Da denke ich immer an Tania Blixen und ihre Farm. Die Bilder der Phantasie, gewachsen aus Gelesenem und Gehörtem, mischen sich mit den einschlägigen Reiseberichten. Die ‚Big Five', also Nashorn, Löwe, Elefant, Büffel und Giraffen und dazu eine rotstaubige Erde. Das sehe ich, wenn ich mir Ihre Heimat vorstelle. Natürlich etwas Zauberei nicht zu vergessen. Voodoo. Humbug zwar, aber beeindruckend."

„Du siehst nur die schönen Seiten, Marlene. Afrika hat gewaltige Probleme." Jans Stirn lag in Falten. „ Der Hunger, die Flüchtlingsströme, die Ausplünderung der Ressourcen und die ewigen fremdgesteuerten Kriege. Von den Folgen der Kolonialherrschaft ganz zu schweigen."

Die beiden dunkelhäutigen Männer verständigten sich mit einem schnellen Blickwechsel, dann antworte Chinayi Kajombo.

„Sie haben recht, Herr Magnusson, die Schwierigkeiten sind gigantisch. Wir werden nach unserer Rückkehr in einer Klinik Malawis tätig sein und können dort die medizinische Versorgung der Bevölkerung nur wenig verbessern. Ein Tropfen auf den heißen Stein, wie man bei Ihnen sagt. Nur, Sie irren, wenn Sie glauben, es seien ausschließlich die Probleme Afrikas. Das, was in Afrika geschieht oder auch nicht geschieht, wird die ganze Welt betreffen. Die gegenwärtigen Flüchtlingsströme, auch die immer mehr ausufernde Piraterie, sind erst der Anfang gewaltiger Wanderungsbewegungen und eskalierender Gewalt."

Er rollte seine Augen zu Marlene.

„Sie meinten gerade, Voodoo sei eine Art Humbug. Das ist es nicht. Voodoo ist eine Religion. Aber sie ist auch ein uralter Hort von Wissen unserer Ahnen, den die moderne Gesellschaft leugnet, weil die Mittel fehlen, den naturwissenschaftlichen Nachweis zu erbringen. Denken Sie einmal an die jahrtausendealte, traditionelle, chinesische Medizin. Keiner kann bis heute schlüssig erklären, weshalb Akupunktur wirkt. Es gibt Vermutungen. Unabhängig von unserem Wissen oder Nichtwissen hilft die Therapie. Vor zwei Jahrzehnten noch hätte sie jeder niedergelassene Arzt mit dem Bannfluch der Schulmedizin seiner Praxis verwiesen, wenn sie solcherart Behandlung von ihm gefordert hätten. Inzwischen ist es eine sogar von den Krankenkassen akzeptierte Behandlungsmöglichkeit."

„Gehen Sie da nicht ein bisschen zu weit, Herr Kajombo?" Marlene schüttelte ungläubig den Kopf. „Naturmagie – meinetwegen. Als seriöse Therapieform finde ich es undenkbar."

Die beiden Afrikaner lächelten synchron.

„Sie dürfen nicht an die üblichen Touristen-Shows denken. Das stellt gewissermaßen einen Schutz für das wirkliche Wissen dar. Voodoo hat nach unserem Verständnis nichts mit den bekannten Voodoo-Quangas, den Puppen-Ritualen, zu tun."

Abibo Kajombo lächelte nun nicht mehr. Seine Gesichtszüge wirkten hochkonzentriert.

„Es geht viel tiefer. Sozusagen direkt ins Gehirn des Menschen. Während die traditionelle, chinesische Medizin befähigt ist, die Energiebahnen der Physis – das Chi – zu beeinflussen, kann das, was wir meinen, die Psyche beherrschen. Im Guten wie im Bösen."

Während der eine Kajombo redete, nahm der andere seinen Blick nicht von Marlene. Er schaute ihr direkt in die Augen. Sie wollte wegschauen, vermochte es aber nicht und er griff tastend nach seinem Glas.

„Würden Sie so freundlich sein und mit mir anstoßen, Frau Magnusson?"

Sie nickte und lächelte, doch ihre Hand lag bewegungslos auf dem Tischtuch.

Der Dunkelhäutige forderte sie nochmals auf.

Marlene bewegte sich nicht und wich seinem Blick nicht aus.

Magnusson wurde die Sache unbehaglich. Marlene besaß gute Manieren, ihr wäre es nie eingefallen, den Afrikaner zu brüskieren. Wenn sie also nicht reagierte, bedeutete das, sie konnte nicht? Er betrachte besorgt Marlene, die unter der Fuchtel des dunkelhäutigen Arztes wie gelähmt schien.

Chinayi Kajombo gab ihren Blick frei. „Quod erat demonstrandum.“ Er erhob erneut das Glas und diesmal stieß Marlene tatsächlich mit ihm an.

„Beeindruckend, zweifelsohne, aber seit langem als Hypnose bekannt und praktiziert.“ Jans Ratio hielt nichts von Schwarzer Magie und suchte nach vernünftigen Erklärungen.

Erstaunlicherweise widersprach ihm Marlene.

„Hypnose? Ich weiß nicht, Jan … Das eben war ein Zustand … ja, ein veränderter Bewusstseinszustand, der aber anders als bei Hypnose den freien Willen völlig blockiert. Bei der Hypnose gibt es einen Punkt der Einwilligung ab dem der zu Hypnotisierende mit dem Hypnotiseur zusammenarbeitet. Ich habe nicht eingewilligt, sondern mich dagegen gewehrt. Offensichtlich erfolglos. In der Literatur gibt es Genre, welches sich mit Zombies beschäftigt. Lebenden Toten. Ich glaube, das beschreibt das eben Erlebte am treffendsten.“

Herr Kajombo verfiel in einen dozierenden Tonfall:

„Das Verhalten eines Individuums ist in jedem Augenblick ein Produkt der aktiven Muskel- und Drüsenzellen. Hervorgerufen durch die Aktivität des Nervensystems. Soweit einleuchtend?“, vergewisserte er sich und redete auch schon weiter. „Nun müssen wir uns fragen, was bewirkt aber die Bewegungen, welche die motorischen Nervenzellen ausführen? Das Gehirn ist die Zentrale und erteilt Anweisungen an die motorischen Neuronen. Exakt vermögen wir die Teile des Nervensystems noch nicht zu lokalisieren, da liegt noch viel Forschungsstoff. Ein Gebiet der physiologischen Psychologie. Auf das menschliche Verhalten wirken drei Einflüsse, soviel ist sicher. Einmal die genetische Programmierung, dann unsere Konditionierung durch die Umwelt und die kognitive Selbststeuerung. Genau das ist der Punkt. Die kognitive Selbststeuerung! Ein Reiz trifft auf das Großhirn mit seinen Milliarden von Neuronen. Dieser Reiz löst eine Veränderung in der neuronalen Welt aus. Plötzlich bewegen sich Ionen durch die Nervenmembran und überspringen den synaptischen Spalt. Man kann das messen. Jedes Elektroenzephalogramm zeichnet diese Aktivität auf.

Bei der Erforschung der motorischen Neuronen bewegen wir uns wissenschaftlich noch auf weitgehend unbekanntem Gebiet. Wir wissen nur, dass der elektrische Impuls eine bestimmte Intensität erreichen muss, bevor er die Motorik in Gang setzt. Man kann also sagen, dass Verhalten eines Individuums ist durch die Steuerung der neuronalen Reaktion beeinflussbar. Äußerst interessant, finden Sie nicht auch?“

Die Magnussons schwiegen perplex.

Jan räusperte sich. „Wenn das alles wissenschaftlich erklärbar ist, warum wendet man es dann nicht nutzbringend in der Medizin an?“

Der Afrikaner legte, seine hellen Handflächen nach oben gerichtet, beide Hände auf das Tischtuch und lächelte geheimnisvoll.

„Weil es einen blinden Fleck gibt. Der Einfluss, die Steuerung von außen ist das Geheimnis. Das Wissen darüber ist nur Wenigen zugänglich. Es darf auf keinen Fall in falsche Hände geraten. Denken Sie nur an eine mögliche militärische oder geheimdienstliche Verwendung."

Sein Bruder nickte beifällig. „Sie sehen, die westliche Arroganz, dass aus Afrika nichts wirklich Bedeutsames zu erwarten sei, schützt die Menschheit damit auch vor sich selbst."

Sie waren beim Dessert angelangt. Jan und Marlene löffelten irritiert ihr Zitronenparfait.

Es hatte ein Abend in trauter Zweisamkeit werden sollen, stattdessen erhielten sie eine Einführung in afrikanisches Geheimwissen. Die Begegnung mit den Kamjombo-Brüdern ließ mehr Fragen als Antworten zurück.

10.

Am nächsten Morgen saß Marlene wieder über ihrer Lektoratsarbeit und Jan marschierte mit Moppel am Nordsee-Golfclub vorbei. Obwohl die morgendliche Kühle noch ein wenig fröstelnd machte, standen die ersten Golfer unverdrossen auf dem Grün der Anlage. Einen von denen kannte er. Es war sein ehemaliger Hausarzt, Dr. Eichenwald, der ihm das Golfen vor einiger Zeit wärmstens empfahl. Magnusson blieb eine Weile auf dem Deich stehen und schaute zu.

„Nö, Moppel, das ist nichts für uns. Kleine Bälle in Löcher schubsen und dazu diesen Handkarren hinter sich herziehen …", er schüttelte missbilligend den Kopf. Moppel war ziemlich egal, was Jan während der Spaziergänge so vor sich hin brabbelte, Hauptsache, sie blieben schön in Bewegung.

Magnusson schritt zügig Richtung Leuchtturm, bog dann nach links in die Salzwiesen zum Strand ein.

Schon von weitem sah er den Menschenauflauf.

Die See brandete weit draußen – Ebbe. In nordwestlicher Richtung, etwa mittig zwischen den Pfahlbauten des Böhler Strandes und des Südstrandes standen ein Polizeiwagen und ein Rettungsfahrzeug. Er konnte keine Details erkennen, dafür war er noch viel zu weit weg und sein Fernglas lag dummerweise zu Hause. Er ging schneller und zerrte den widerstrebenden, schnüffeln wollenden Hund hinter sich her.

Im Laufschritt erreichte er, heftig nach Luft ringend, die Menschengruppe. Im Polizeifahrzeug saß sein junger Kollege und nunmehrige Dienststellenleiter Sören. Er telefonierte.

Etliche Meter weiter im Watt beugten sich die Rettungssanitäter über einen im Schlick liegenden Körper. Der auf seiner Jacke als Notarzt gekennzeichnete Mann kniete neben dem Kopf. Seine routinierten Bemühungen schienen sinnlos, eine entsprechende Handbewegung seinerseits bedeutete nichts Gutes. Wencke stand an seiner Seite. Ihr roter Haarschopf quoll ungebändigt unter dem Mützenrand hervor. Erst als Magnusson sie ansprach, bemerkte sie ihren ehemaligen Vorgesetzten. In solchen Stresssituationen bildeten die umstehenden Menschen für sie eine graue Masse, die sie in diesen Momenten nicht als Individuen wahrnahm.

Der Notarzt richtete sich auf. „Exitus. Wahrscheinlich ertrunken. Der Tote ist an Händen und Füßen gefesselt.

Ihr Kollege verständigt bereits die Mordkommission." Der Notarzt beließ es bei diesen knappen Informationen, packte seinen Nothilfekoffer zusammen und schleppte mit den beiden Rettungsassistenten die Ausrüstung wieder zum Fahrzeug. Im Vorbeigehen lächelte einer der beiden, der Jüngere, Wencke an. Er schaute fasziniert auf die üppige rote Haarpracht. „Tschüß dann. Wohnen Sie hier im Ort?"

Obwohl Wencke streng dienstlich erscheinen wollte, lächelte sie zurück.

„Kann sein."

„Ich bin aus Garding. Vielleicht sieht man sich mal unter angenehmeren Umständen."

Sören drängte ihn beiseite. „Bis zur Flut bleiben nur zwei Stunden, dann wird das Wasser diesen Strandabschnitt wieder erreichen. Die Kollegen der Spurensicherung sind unterwegs."

Eigentlich durfte Magnusson diesem dienstlichen Informationsaustausch gar nicht mehr lauschen, doch war das in diesem Moment weder Sören noch Wencke bewusst.

Er trat wie selbstverständlich an den Toten heran und musterte ihn. Ein Mann mittleren Alter. Er trug eine khakifarbene sportliche Hose und ein schwarzes Poloshirt. Wie der Arzt vermeldete, waren seine Hand- und Fußgelenke gefesselt. Die schwarze Nylonleine kam Jan irgendwie bekannt vor. Wo nur hatte er sie gesehen? Keine Ahnung, sein Gedächtnis ließ ihn immer öfter im Stich.

Sören und Wencke drängten derweil den Menschenauflauf zurück, setzten Eisenstäbe in den Sand und befestigten ein Markierungsband drum herum. Magnusson kannte den Ablauf. Heute erfuhr er zu dem Fall nichts mehr. Das, was Spurensicherung und Obduktion ergeben würden lag erst in einigen Tagen vor. Zu gegebener Zeit wollte er Sören in der Dienststelle einen Besuch abstatten. Der durfte zwar offiziell nichts verlauten lassen, aber was hieß schon ‚offiziell'?

Zu Hause deckte Marlene den Tisch. Sie garnierte den Backfisch mit Zitronenspalten, gab Kartoffelsalat als Beilage hinzu, stellte Wassergläser bereit und befüllte die Kaffeemaschine, weil sie wusste, dass Jan gern direkt nach dem Essen seinen Kaffee nahm.

Als er erschien, sagte ihr sein Gesichtsausdruck, dass er auf etwas herumkaute. Sein junger Kollege meinte immer, der Alte kaut auf der Trense, wenn er so grüblerisch daherkam. Sie fragte nicht, sondern nötigte ihn zum Esstisch. Sie wirkten etwas verloren an dem großen Tisch mit der warmtonigen, polierten Platte. Jan meinte einmal scherzhaft, sie sollten sich vielleicht an den Stirnseiten positionieren, das gebe dann eine herrschaftliche Anmutung.

Erst beim Kaffee erzählte er ihr von dem Toten im Watt. Er wollte ihr nicht den Appetit verderben, falls sie daran dachte, dass der Fisch bis vor kurzem noch mit der Leiche in der See geschwommen war.

Sie stellten Vermutungen über das Verbrechen an. Marlene tippte auf Raubmord an einem Yachtbesitzer, Jan hielt eine ganze Reihe von Motiven für möglich, angefangen vom Drogenmilieu bis hin zu einer Beziehungstat aus Eifersucht.

„Ach, übrigens, bevor ich es vergesse", sie angelte nach einem Notizzettel am anderen Ende des Tisches, „Du hast einen Anruf bekommen. Eine gewisse Maike will, dass Du Dich meldest. Du wüsstest schon Bescheid."

Sie legte den Zettel vor ihm hin und verschränkte die Arme vor der Brust.

„Der Stimme nach zu urteilen ist diese Maike noch keine Zwanzig. Ich denke, Du bist mir eine Erklärung schuldig, schließlich befinden wir uns praktisch noch in den Flitterwochen. Bisschen früh für eine junge Freundin, finde ich."

Jans zuerst verständnisloses Gesicht hellte sich auf. Das engelgleiche Wesen aus der Reithalle! Für Marlene setzte er sein Dienstgesicht auf.

„Ja, ein junges Mädchen aus der Reithalle. Nicht, was Du denkst. Ich hatte sie gebeten, etwas herumzuhören. Dieser mysteriöse Zugang bei Friedrich und Alexa auf der Koppel. Ich meine, jemand muss doch seine Pferde vermissen, das wartet man doch nicht einfach ab, wie bei einem stromernden Kater!"

Er legte seine Hand auf Marlenes.

„Glaubst Du denn, ich setze Dich wegen so eines jungen Dings aufs Spiel?"

Sie glaubte es nicht. Marlene kannte ihren Wert. Sie war keine Zwanzig mehr, aber sie war eine sinnliche Frau. Erotik ist nicht machbar. Das Geheimnis der Erotik ist die Seele. Die sexy Ausstrahlung eines jungen Mädchens verfliegt mit den Jahren, eine erotische Frau dagegen bleibt immer anziehend, egal, ob sie Siebzehn oder Siebzig ist. Es ist eine Gabe.

Während Marlene in der Küche mit dem Geschirr hantierte, rief Magnusson in der Reithalle an. Maike hatte tatsächlich etwas in Erfahrung gebracht. Für das Springreiten am Samstag war unter anderen ein vierjähriger Wallach gemeldet. Es war üblich, die Meldung drei Tage vorher zu bestätigen und die Startnummer in Empfang zu nehmen. Der Besitzer war nicht erschienen. Kam manchmal vor, wenn der Besitzer keine Lust mehr hatte, das Pferd erkrankte, oder irgendwelche anderen Hinderungsgründe plötzlich eintraten. Nein, auf die Namensliste der Pferdehalter habe sie keinen Zugriff, da müsse Herr Magnusson sich schon selbst kümmern.

Nichts leichter als das. Er würde sich hinter Sören klemmen, dem mussten sie den Namen des nicht erschienenen Springreiters melden – Datenschutz hin oder her.

Magnusson fragte nur der Form halber, ob Marlene gedenke, ihn in den Küchendienst einzubinden, wurde gnädig entlassen und ging sofort Richtung Deichgrafenweg, zur Polizeidienststelle des Ortes.

Etwas irritierend fand er die Tatsache schon, wie der junge Kollege ganz selbstverständlich an seinem Schreibtisch hockte. Nur, es war eben jetzt nicht mehr sein Schreibtisch und so sehr er das auch bedauerte, daran gab es nichts mehr zu ändern. Wenn er bei entsprechenden Anlässen nun von sich sagen musste, er sei im Ruhestand, so kamen diese Worte nur widerstrebend aus seinem Mund. Es fühlte sich an, als teile er seinem Gegenüber etwas Anstößiges mit. Rentner waren in seiner bisherigen Vorstellung am Stock gehende alte Männer, bereits etwas tüdelig, mit Rheuma und drückendem Zahnersatz. Dieser Gruppe fühlte er sich absolut nicht zugehörig. Für sein Alter existierte überhaupt keine angemessene Bezeichnung. In der Werbung nannte man sie hofierend „Best Ager", das deutsche „Jungsenioren" – eine Wortschöpfung, bei der ihm die Haare zu Berge standen -, fand er genau so blöd. Als ob man mit Erreichung des sechsten Lebensjahrzehntes automatisch zum alten Eisen gehöre.

Sören stand bei seinem Eintreten sofort auf und nahm Haltung an. Etwas besänftigt registrierte Magnusson die Respekterweisung. Wenigstens das hatte er dem Jungen beigebracht. Weniger erfreulich fand er die Neuordnung der Aktenschränke. Monieren durfte er die Veränderung nicht, Sören war jetzt hier der Chef und durfte sämtliche Möbel nach eigenem Gutdünken umstellen.

„Was Neues zum Toten im Watt?“ Magnusson war überhaupt nicht mehr berechtigt, hier irgendwelche Fragen zu stellen, das wussten sie beide, trotzdem tat Sören ihm den Gefallen und redete.

„Morgen oder Übermorgen werden wohl erste Erkenntnisse der Spurensicherung vorliegen. Ich rechne allerdings nicht damit, dass es jemand für nötig hält, uns darüber zu informieren.“

Ich auch nicht, mein Junge, dachte Jan. War nur so ein Versuch.

„Eigentlich komme ich wegen der herrenlosen Pferde. Im Reitstall existiert eine Liste. Auf dieser Liste wurde ein Springpferd gemeldet, dann sind Reiter und Pferd aber nicht erschienen. Sie sollten da mal nachhaken. Mich interessiert der Name.“

„Der Name des Pferdes?“

„Quatsch! Der Name des Besitzers natürlich!“

Sören atmete auf. Der Alte konnte ihn mit seinen bohrenden Fragen zu dem Toten im Watt ganz schön in die Bredouille bringen, wollte einfach nicht begreifen, dass seine Zeit nun endgültig vorbei war. Besser also, er hielt ihn mit der Suche nach dem Pferdehalter beschäftigt.

Damit wurden keine Dienstvorschriften verletzt und der Alte vergaß vielleicht den Ermordeten am Strand.

Wencke trat zur Tür herein, nahm ihre Mütze ab und das üppige, hennarote Haar fiel auf ihre Schultern. Es bildete einen schönen Kontrast zur dunkelblauen Uniform.

„Neue Frisur, Wencke? Steht Ihnen gut!“ Magnusson zwinkerte ihr beim Gehen zu.

Verdattert schaute sie ihm durch das Fenster nach.

„Was ist denn mit dem Alten los? Die Haare trage ich seit zwei Jahren so und noch nie hat der ein Wort darüber verloren. Ich vermute sogar, dass der mich die ganze Zeit nicht ein einziges Mal richtig angeschaut hat. Ich meine, richtig. Du weißt schon, Sören.“

Der hatte ganz andere Sorgen.

„Er wirkte ziemlich aufgedreht. Hätte mich gern über den Toten ausgefragt. Dabei weiß er am besten, dass ich erstens nicht viel Rückmeldung bekomme und ihn zweitens sowieso nicht mehr jedes Detail mitteilen darf. Dafür macht er sich jetzt auf die Suche nach diesem an seinen Tieren so seltsam uninteressierten Pferdehalter.“

„Na und? Lass ihn doch!“ Wencke saß auf Sörens Schreibtischkante und baumelte mit einem Bein.

„Dabei wird er es nicht belassen, fürchte ich. Du kennst ihn doch. Seine Pensionierung hielt er für die reinste Schikane. Das ist kein Opa-Typ, der sich’s im Sessel gemütlich macht. Möglich, dass uns der Alte noch mächtig ins Handwerk pfuscht, so aufgedreht, wie der heute hier reinspazierte.“

Wencke lachte ihn aus.

„Du möchtest ihn am liebsten ganz weit weg haben, stimmt’s? Sieh’ es doch mal aus seiner Position. Da arbeitet einer sein Leben lang mit vollem Einsatz im Polizeidienst. Sogar eine Niere hat er dabei verloren. Und dann, eines Tages, wird ihm die Hand geschüttelt: Danke, das war's, wir brauchen Sie nicht mehr. Wie würdest Du Dich denn da fühlen?"

Sören schwieg missmutig vor sich hin.

„Der Alte braucht Zeit, um sich an sein neues Leben zu gewöhnen. Übrigens, so gnatzig wie Du jetzt, hat der im Dienst auch immer geschaut."

Sie stand auf, warf ihre Haarpracht in den Nacken und machte sich an der Kaffeemaschine zu schaffen.

Sören griff nach dem Aktenbündel. Eine Anzeige. Körperverletzung. Vor zwei Tagen fand man Erwin Grünlich bewusstlos auf dem Weg zwischen Wittendüner Allee und Bövergeest. Grünlich wohnt in der Marsch hinter dem Galerie-Cafe. Er benutzt regelmäßig diesen schmalen Weg, wenn er zu Fuß ins Dorf will. Dann geht er von der Bövergeest über die Nordergeest, weiter auf die Eiderstedter Straße und ruck-zuck war er im Dorf. Nun hatte jemand Erwin auf seinem vertrauten Weg niedergeschlagen. So böse niedergeschlagen, dass er immer noch bewusstlos im Tönninger Klinikum lag. Gefunden wurde er gegen Mitternacht von jugendlichen Diskogängern. Er lag mit blutender Kopfwunde in der Böschung. Weder Geldbörse noch EC-Karte fehlten. Demzufolge kein Raubüberfall. Die Nachforschungen bei seiner Familie ergaben, dass er sich gegen acht Uhr abends von seiner Frau verabschiedete und den Hof verließ. Er wollte zum „Olsdorfer Krug". Grünlich züchtete im Hauptberuf preisgekrönte Milchkühe. In seiner Freizeit spielte er in der „Speeldeel", einem Laientheater. Und eben diese Theatertruppe probte im „Olsdorfer Krug“. Marte Grünlich rang die Hände.

Was war er nicht stolz auf seine Rolle! Praktischerweise habe er sich sein Kostüm gleich zu Hause angezogen, die ewige an- und austrekkerei war ihm zuwider. Sah’ ihn eh keiner auf seinem Weg.

Sören schüttelte bei der Lektüre der Unterlagen den Kopf. Grünlich spielte in dem Stück einen Polizisten und in eben dieser Polizeiuniform war er niedergeschlagen worden. Was beim anrückenden Rettungsdienst und der Polizei zuerst Verwirrung auslöste. Was hatte sich Erwin nur dabei gedacht? Die Theateruniform wich zwar deutlich von den aktuellen Uniformen ab, aber in der Nacht musste ihn jeder bei flüchtigem Hinsehen für echt halten.

Ob Grünlich Feinde im Ort hatte? Ein Konkurrent bei der Milchviehpreiskrönung? Oder etwas Familiäres? Bei Magnusson hatte er gelernt, jede noch so aberwitzige Vermutung in Betracht zu ziehen. Ein Eifersuchtsdrama gar? Der Bauer war etwa so groß wie breit. Sein Stiernacken, die gewaltige Wampe und die vom ständigen Aufenthalt in der freien Natur rotgeäderten Wangen schienen Sören nicht geeignet, eine Frau zu becircen. Doch er konnte sich gewaltig irren, seine ästhetischen Vorstellungen mussten sich nicht mit denen reiferer Damen decken. Es wäre denkbar, dass Erwin in seiner Bühnenrolle brillierte und damit eine Verehrerin unter den Landfrauen eroberte. Wenn die verheiratet war und der Ehemann von der Sache Wind bekam … Dann gute Nacht, Marie!

Alles nur Vermutungen – nichts Konkretes. Blieb nur, abzuwarten, bis der Bauer wieder vernehmungsfähig sein würde.

11.

„Herr Magnusson! Herr Magnusson!!“

Frau Brausewetter schwenkte bereits beide Arme. Endlich sah Jan hoch. Er wollte bei GOSCH nur schnell zwei Fischbrötchen holen. Mitten im Gewimmel zwischen den Touristen saß seine ehemalige Haushälterin und übertönte mit ihrem Rufen Stimmengewirr und Shantyklänge.

Sie rutschte ein wenig zur Seite und klopfte auffordernd auf den Platz neben sich.

Ihm blieb nichts anderes übrig, als sich neben ihr niederzuhocken.

„Moin, Frau Brausewetter. Was treibt Sie denn unter die Feriengäste?“

Sie schob den leer gegessenen Teller ein Stück von sich weg.

„Eigentlich dürfte ich gar nicht hier sein. Es ist wegen der Diät. Der Doktor hat uns beide, Hinnark und mich, nämlich auf Diät gesetzt. Wegen dem Cholesterin und so. Keine Mayonnaise mehr. Essen Sie mal Kartoffelsalat mit Joghurt …, nee! Aber verraten Sie mich bloß nicht!“

„Keine Sorge. Und sonst? Wie geht es Ihnen?“

Die korpulente Frau freute sich über sein Interesse und erzählte lang und breit über ihre neue Stelle bei den Egelmanns.

„… na, und die Dame des Hauses bekomme ich kaum zu Gesicht. Ständig unterwegs. Was ihr Mann ist, der wird auch immer wunderlicher. Neulich lag er mal mittags auf der Couch und schlief. Ich habe ganz leise die Grünpflanzen gegossen, wirklich, ganz leise. Da fängt der auf einmal an zu schreien, also so was von schreien … ‚Der Neger‘, hat der gerufen, immer wieder: ‚Der Neger!‘. Ich dachte, der brüllt die ganze Nachbarschaft zusammen. Kommt alles von diesen Horrorfilmen, Herr Magnusson. Die Leute schauen sich die gruseligsten Sachen an und werden nicht damit fertig.“

Jan blickte unauffällig auf seine Uhr.

„Merkwürdiges Verhalten. Auf jeden Fall merkwürdig für einen erwachsenen Mann. So reagieren Kinder. Mit Alpträumen, meine ich. Hat er sonst nichts dazu gesagt?“

„Kein Wort“, sie schüttelte den Kopf. „Der kam mit Zittern gar nicht nach. Ich habe ihm seine Tabletten in die Hand gedrückt. Die helfen.“

Sie tippte sich mit dem Zeigefinger vielsagend an die Stirn.

„So geht's los. Alzheimer. Erst sieht man überall Schwarze, später geht man dann mit dem Vogelbauer Milch holen.“

Magnusson grinste. Er beobachtete die Köche, welche den Restaurantbesuchern nach erfolgter Essensbestellung kleine elektronische Geräte in die Hand drückten. Die Leute nahmen die Dinger mit zu ihrem Tisch. Sie blinkten, sobald das Essen dampfend auf dem Tresen stand. Was für ein neumodischer Kram, dachte Magnusson.

„Haben Sie von dem Überfall auf Erwin Grünlich gehört?“, Frau Brausewetter tupfte einen Rest verbotener Mayonnaise von ihrer Oberlippe. „Da steckt bestimmt eine Frau dahinter!“

Sie genoss sichtlich Jans Unwissenheit. Eine gute Chance, ihm die Sache lang und breit darzulegen.

„Wie kommen Sie darauf, dass Herr Grünlich von einer Frau niedergeschlagen wurde?“, er amüsierte sich über Frau Brausewetters kriminalistischen Eifer.

„Zugeschlagen hat ein Mann. Wer, das wird sich ja bald herausstellen. Spätestens, wenn Erwin aufwacht."

Ihre Augen funkelten. „Da geht's um Liebe und Eifersucht, um eine Schauspielerin von der ‚Speeldeel' …, das sage ich Ihnen."

In Magnussons Blickfeld geriet eine junge Blondine. Maike. Verdattert registrierte Frau Brausewetter wie er aufsprang, zu dem Mädchen ging und eine Weile mit ihr redete. Wie die sich anlächelten … Ihr weiblicher Instinkt verriet ihr, dass Herr Magnusson von der zugegebermaßen hübschen Deern fasziniert war. Das lange Blondhaar, die endlosen Beine in den kurzen Hosen und das korsagenartige Oberteil, welches so knapp bemessen, das es nicht einmal für einen der Brausewetterschen Oberarme genügend Stoff hergegeben hätte. Misstrauisch beobachtete sie den pensionierten Polizisten, wie er sich nach einer Weile von dem Mädchen verabschiedete.

Magnusson gab ihr keine Gelegenheit zum Nachhaken. Er musste jetzt endgültig los. Auf der Buhne verabschiedete er sich von der resoluten Dame und radelte auf der langgezogenen Badallee zurück zum Preestergang.

Es rumorte in seinem Kopf. Einmal die Kombination von ‚Neger' und ‚Nicht-bewegen-können', zum anderen das scheinbare Eifersuchtsdrama in der „Speeldeel".

Er legte Marlene wortlos das Fischbrötchen neben die Tastatur. Sie löste den Blick vom Bildschirm des Rechners und schob die Brille ins Haar.

Seinen stummen Vorwurf beantwortete sie mit einem beschwichtigendem Satz: „Nur zwei Wochen noch Jan – versprochen. Dann bin ich wieder ganz für Dich da."

Sie schob die losen Blätter der von ihr lektorierten literaturwissenschaftlichen Arbeit etwas beiseite und biss in das Brötchen. Jan lehnte am Türblatt, umrahmt von hunderten Büchern.

Marlene schluckte hastig und lächelte ihn auffordern an.

„Wir hatten doch neulich über Afrika gesprochen … Was hältst Du davon, wenn wir das Honorar für mein Lektorat in eine Reise investieren?"

Er hatte nicht vermutet, dass sie so schnell darauf zurückkommen würde.

„Meinst Du, wir sollten wirklich?"

„Ja! Wann dann, wenn nicht jetzt? Carpe diem – Nütze den Tag! Außerdem bin ich nach dieser mysteriösen Sache mit den Kajombo-Brüdern wirklich neugierig auf den schwarzen Kontinent."

Es wurde beschlossen. Fester Reisetermin. Pauschalreise mit Safari und allem Gedöns.

Marlene ging wieder an die Arbeit, Jan war schon an der Treppe, als er noch einmal zurück kehrte und ihr Bescheid sagte.

„Ich bin morgen nach dem Abendbrot im ‚Olsdorfer Krug' – Theaterprobe der ‚Speeldeel'."

„Speeldeel? Ist das denn was für Dich?"

„Ich will mir das mal anschauen. Weißt Du was über die Truppe?"

Marlene kaute auf dem Brillenbügel und suchte in ihrem Gedächtnis nach Fakten.

„Die Anfänge liegen ziemlich weit zurück. Bestimmt schon sechzig, siebzig Jahre. Der Verein hat sich immer wieder verjüngt. Die sind mit Spaß dabei und das merken die Touristen. Olaf Jensen leitet die Speeldeel, seine Frau Antje spielt auch mit."

Mehr wusste Marlene nicht zu berichten.

Am Abend stand sie unschlüssig vor dem Weinregal der Küche.

„Was meinst Du, Jan, Rot- oder Weißwein?"

Magnusson saß auf der Couch und schaute auf die Terrasse. Die langsam hereinbrechende Dämmerung umspielte den Apfelbaum mit bläulichen Schatten. Auf dem Wiesenstück davor veränderte sich das Grün des Grases in ein dunkles Grau. Die Stunde zwischen Hund und Wolf, wie die Franzosen sagen. Wann hatte er jemals das Schauspiel der Dämmerungsstunde so intensiv beobachtet? Wenn die Pensionierung etwas Gutes mit sich brachte, dann war es das. Plötzlich blieb Zeit, die Welt um sich herum neu zu entdecken. Oder war gar nicht die Pensionierung der Auslöser für diese neue Intensität, sondern seine Liebe zu Marlene? Plötzlich nahm er alles viel intensiver wahr, eine nie gekannte Empfindsamkeit und Empfänglichkeit für ihre Zärtlichkeit und die Liebe die sie ihm schenkte, bemächtigte sich seiner. Nie gekannt, solche Zustände, aber sehr schön, dieses neue Leben nach den langen trostlosen Jahren der Einsamkeit. Seltsamerweise machte diese Liebe ihn auch empfänglich für die Anziehungskraft anderer Frauen. Diese Maike. Was sollte das? Wieso dachte er an dieses Mädchen, obwohl er mit Marlene so glücklich war wie noch nie in seinem Leben?

Nüchtern betrachtet sah das Mädchen in ihm nichts weiter als einen respektablen, älteren Herrn oder salopp gesagt, einen alten Zausel. Der zweite Frühling? Eine plötzliche Testosteronüberflutung des Körpers …?

„Jan?“ Marlene holte ihn aus seiner Versunkenheit. Sie trug in jeder Hand eine Weinflasche und hielt ihm beide zur Begutachtung vor die Augen. Er drückte ihre Arme auf Abstand, kniff die Augen zusammen, um ohne Brille die Etiketten entziffern zu können.

„Der“, er deutete auf den Riesling. „Obwohl ich fürchte, dieser Snob wird ihn ungenießbar finden. Möchte wissen, was Jasmin an dem Typen findet. Dagegen war ja der mit den Rastalocken vom letzten Jahr noch ganz brauchbar. Und den fand ich schon schlimm. Ständig barfuß und das Surfbrett unterm Arm. Heißt es nicht, dass die Töchter bei der Wahl ihres Zukünftigen im Vater ein Vorbild sehen? Was habe ich denn bei Jasmin falsch gemacht, dass sie auf solche Kerle hereinfällt?“

Marlene stellte lachend die Flasche auf den Tisch und fuhr Jan mit beiden Händen durch die Strubbelfrisur.

„Du bist eifersüchtig. Weiter nichts. Ein eifersüchtiger Vater, der sein kleines Mädchen keinem gönnt. Dieser Fraasen gefällt mir allerdings auch nicht. Sicher hat er Jasmin mit seinem Lebensstil beeindruckt. Sie wird hoffentlich wissen, was sie tut.“

Jan solle sich damit abfinden. Erwachsene Töchter treffen nun mal eigene Entscheidungen und die müssen den Vätern nicht unbedingt gefallen.

Vom Verstand her gab er Marlene ja recht, nur das rumorende Gefühl in seinem Bauch verschwand davon nicht. Es fühlte sich an, als müsse er das Kind vor etwas beschützen.

Nun hatte die Dämmerung das Wiesenstück vollständig geschluckt. Der alte Baum mit seinen knorrigen Ästen wirkte im Mondlicht fast unheimlich.

Magnusson ging ins Bad, sich frisch zu machen. Während er das Hemd zuknöpfte, hörte er unten die Haustür. Die Stimmen von Jasmin und Fraasen, dazwischen Moppels Freudengeheul und Marlenes besänftigende, warme Tonlage.

Zögernd schritt Jan die Treppe herab, murmelte ein paar höfliche Willkommensfloskeln und drückte diesem Widerling die Hand. Dieses Grinsen, dachte er, dieses ölige Grinsen ist mir an dem zuerst aufgefallen. Jasmin fiel ihm um den Hals, das lenkte ihm von seinem Schwiegersohn in spe ab.

Er hielt seine Tochter an den Handgelenken fest und musterte sie stolz.

„Toll siehst Du aus, Jasmin. Richtig erholt."

Das hellblaue kurze Kleid betonte die zarte Bräune ihrer Haut.

„Wirklich schick, Jasmin!" Marlene nickte und wurde gleich wieder von dem knurrenden Hund abgelenkt. Moppel fletschte drohend die Zähne Richtung Fraasen.

„Was hat er denn, Jan? Sonst ist er doch brav."

Charakter, dachte Jan. Mein Hund hat Charakter. Der hat den Windhund in Fraasens Wesen sogleich erschnüffelt.

Auch während des Abendessens hob der neben Jans Füßen liegende Moppel immer wieder den Kopf und gab einen kurzen Knurrlaut Richtung Lorenz Fraasen ab.

Der ignorierte das. Fraasen absolvierte diesen Pflichtbesuch bei seinen zukünftigen Schwiegereltern mit weltmännischer Gelassenheit. Natürlich bemerkte er die kritischen

Blicke Magnussons. Der Alte soll Polizeibeamter gewesen sein. Gefahr drohte von so einem nicht. Ein einfacher Dorfpolizist, was sollte der ihm schon anhaben können.

Jasmin plauderte locker über ihre letzte Theaterspielzeit in Böblingen und gab sich erleichtert, bald ganz in ihrer neuen Rolle als Hausfrau und Mutter aufgehen zu dürfen.

„Ihr werdet begeistert sein, wenn Ihr die Finca seht. Paps, Ihr kommt doch nicht zu knapp vor der Hochzeit? Wir wollen zur Mandelblüte, im Februar, heiraten. Traumhaft!“

Sie schaute auffordernd zu Fraasen, der, lässig zurückgelehnt, die eine Hand auf der Serviette, die andere locker auf seinem Oberschenkel, an der Magnusson'schen Kirchbaumtafel saß. Höflich versicherte er, dass auch er sich über einen ausgedehnten Aufenthalt der Schwiegereltern freuen würde. Der Klingelton seines Handys entband ihn von weiterer Heuchelei. Er entschuldigte sich und trat zum Telefonieren in die Diele.

Magnusson vermochte aus unterschiedlichen, in seiner Nähe geführten Gesprächen, dasjenige herauszufiltern, welches ihn interessierte. Eine Fähigkeit, die während seiner aktiven Dienstzeit hin und wieder von Nutzen war. Er konnte also Fraasens Worte verfolgen, während neben ihm Marlene und Jasmin lautstark die Vor- oder Nachteile von bodenlangen Brautkleidern erörterten.

„Was soll das? Du hast keinen Einblick in dieses Geschäftsfeld. Fertig.“

„... gar nichts. Innenrevision? Mir doch egal. Und Dir genau so. Alles wie immer verstanden? Nächsten Monat gehöre ich nicht mehr dazu. Die Sache ist erledigt.“

Fraasen steckte das Handy weg, mit einem prüfenden Blick in den Flurspiegel strich er sich über die gegelten Haare und nahm wieder Platz.

Magnusson füllte das Glas seines Gastes mit Riesling auf.

„Gestatten Sie mir eine etwas indiskrete Frage?"

„Bitte."

„Verstehen Sie mich bitte nicht falsch, Ihre wirtschaftlichen Verhältnisse gehen mich natürlich normalerweise nichts an. Nur, in diesem Fall geht es um die Zukunft meiner Tochter, die für meine Begriffe etwas leichtsinnig schnell ihren Beruf aufgibt."

„Paps!!!"

Er ignorierte Jasmins empörten Zwischenruf und erwartete gespannt Fraasens Antwort.

„Eine völlig berechtigte Frage, Herr Magnusson", Fraasens lässige Haltung blieb unverändert. „Sie können sicher sein, dass ich auch in Zukunft gut für meine Familie sorgen werde. Der Kauf der spanischen Finca hat meine Kapitalreserven keineswegs erschöpft. Ich bin allerdings in den letzten Jahren auch nicht dem Mainstream gefolgt, welcher den Leuten einredete, Volksaktien wären dazu da, das Volk wohlhabend zu machen."

„Sondern?" Magnussons Stimme bekam einen harschen Klang wie früher im Polizeirevier beim Verhör.

„Anlagesicher. Die Klassiker: jeweils ein Drittel Gold, Immobilien und schnell verfügbares Geld. Außerdem habe ich in den letzten Jahren in Kunst investiert. Eine gute Mischung aus alter Malerei und neuer Leipziger Schule. Selbst wenn unser Lebensunterhalt durch eine Inflation nicht mehr mit Bargeld zu decken wäre, könnten wir sorglos weiter leben. Die Bilder. Wir würden dann quasi von der Wand in den Mund leben.“ Er lachte selbstgefällig. „Vertrauen Sie mir nun Ihre Tochter an?“

Jans Miene wirkte griesgrämig. „Ihre Firma scheint Sie ja fürstlich zu entlohnen. Verdienen dort alle Manager so gut?“

Marlene entschärfte das Verhör, um das es sich offensichtlich handelte, indem sie eine Platte mit süßen Leckereien herumreichte.

„Nehmen Sie diese eindringliche Befragung meinem Mann nicht übel, Herr Fraasen. Er will, dass es Jasmin gut geht. Das verstehen Sie doch?“

Sie lenkte das Gespräch dann auf die Finca des Brautpaares und der Abend endete mit einem Gespräch über die dortigen Selbstversorgungsmöglichkeiten mit Obst und Gemüse.

Jan und Marlene lagen spät in ihrem Bett, als Marlene ihn fragte, warum er seinem zukünftigem Schwiegersohn nicht das ‚Du' angeboten habe, die Gelegenheit sei doch günstig gewesen.

„Ich? Dem? Nee! – Nach der Trauung! Keine Minute früher.“

Jan sprach es, drehte sich zur Seite und schlief sofort ein.

12.

Friedrich von Trostorff versuchte vergebens, etwas Ordnung in das Tohuwabohu auf der Wiese zu bringen. Ein Knäuel aus Kindern und Hunden tobte über das Gelände um den Haubarg.

Er zog sein kariertes Taschentuch heraus und wischte sich erschöpft den Schweiß von der Stirn. In solchen

Momenten wurde ihm schmerzlich bewusst, dass er halt ein später, um nicht deutlich zu sagen, alter Vater, war.

„Moin, Friedrich“, Jan löste Moppel von der Leine, der sich sofort mit ins Getümmel stürzte,

„ganz schön anstrengend, was?“

„Moin, Jan. Schön, dass Du vorbeischaust. Jetzt habe ich wenigstens einen Grund, ein kühles Bier zu holen.“

Mit Flaschen und Gläsern zurückkehrend, dirigierte er Jan zur Sitzgruppe unter dem Landhausschirm.

„Unsere eigenen sind schon kaum zu bremsen, aber zusammen mit den Kindern der Feriengäste ist das schlimmer als einen Sack Flöhe hüten“, stöhnte er und trank sein Glas in einem Zug aus.

„Ihr habt Feriengäste?“

„Ja, zwei Wohnungen sind vermietet. Die drei Kinder gehören zu einem Paar aus Passau, die sind heute in Husum und ich darf die Rasselbande beaufsichtigen. Keine leichte Angelegenheit, kann ich Dir flüstern. Alexa kann nämlich nicht, sie hat in der Praxis zu tun.“

Er wischte sich den Schaum von Oberlippe. Obwohl gestresst, strahlte er trotzdem Zufriedenheit aus.

„Unser Konzept geht auf. Der Haubarg zieht Gäste an und mein Adelstitel scheint auf die Leute interessant zu wirken“, er lachte, „Wenn die wüssten … Wenigstens Alexa und die Kinder werden wohl noch erleben, dass der Grundbesitz schuldenfrei ist.“

Jan wusste Bescheid. Die umfangreiche Restaurierung des Haubarges hatte Unsummen verschlungen. Ein Vermögen, welches der verarmte Zweig der von Trostorffs nicht besaß und sich demzufolge von der Bank leihen musste.

„Ich möchte fragen, ob Ihr Moppel nehmt, während wir in Venedig sind?“, Jan schaute seinen Freund fragend an. „Bevor ich Frau Brausewetter belästige …“

Von Trostorff machte eine wegwerfende Handbewegung. „Kommt gar nicht in Frage. Ich meine, natürlich bleibt Moppel bei uns. Schau Dir doch den Tumult an, Dein Hund fällt dabei gar nicht ins Gewicht.“

Auf der Wiese schien ein Streit um irgendetwas entbrannt zu sein. Inmitten von Wutgeschrei und Hundegebell schlug eines der Kinder klirrend auf einen alten Topf.

„Solltest Du da nicht etwas unternehmen?“ Besorgt deutete Jan mit einer Kinnbewegung auf die Kinderschar.

„Bloß nicht! Wenn ich eines gelernt habe, dann, mich rauszuhalten. In zwei Minuten sitzen die wieder einträchtig beisammen.“

Tatsächlich brach das Geschrei plötzlich wie abgeschnitten ab und aus der entgegengesetzten Seite des Gartens ertönte Kinderlachen.

Friedrich drehte die Handfläche seines in diese Richtung ausgestreckten Armes nach oben:

„Na bitte! Was habe ich gesagt? Sei froh, dass Deine Tochter aus dem Alter raus ist. Wie geht es Jasmin?“

„Ach“, Jan setzte seufzend sein Glas ab, „reden wir lieber nicht davon. Sie will heiraten. Einen Kerl, der mir absolut suspekt ist.“

Von Trostorff wog bedächtig seinen mächtigen Schädel zwischen den Schultern hin und her.

„Väter und Töchter, auch ein Kapitel für sich …“

„Mal was anderes, Friedrich“, zögernd suchte Jan nach geeigneten Worten. „Hast Du auch schon mal gedacht, dass es außer Alexa auch noch andere Frauen …, ich meine, wenn Du so allein unterwegs bist …, Du weißt schon, was ich meine!“

Von Trostorff senkte den mächtigen Schädel, vergewisserte sich, dass die Kinder nicht in Hörweite waren und blickte Jan von unten direkt in die Augen.

„Wenn Du’s genau wissen willst … Klar schau’ ich schon mal nach rechts oder links. Komischerweise ging’s damit wieder los, als ich mich in Alexa verliebte. Wenn Du in einer Depression versackt bist, interessiert Dich gar nichts mehr. Was erzähl’ ich Dir – Du kennst das doch, Dir ging’s genau so dreckig. Erst als ich sie kennen lernte, habe ich wieder angefangen zu leben. Mit allem drum und dran. Aber ich werde den Teufel tun, meine Ehe mit dieser Zauberfrau wegen irgendeiner Affäre auf’s Spiel zu setzen. Und Dir kann ich nur das Gleiche raten. Marlene haut nach Dänemark ab, wenn Du irgendwelchen Blödsinn veranstaltest. Willst Du das riskieren?“

„Quatsch. Nur so, hypothetisch …“

Er wurde unterbrochen. Auf dem knirschenden Kiesweg näherten sich zwei Personen. Verblüfft erkannte er die beiden Kajombo-Brüder.

Friedrich machte sie miteinander bekannt. „Die Herren bewohnen die andere Ferienwohnung … Was denn, Sie kennen Herrn Magnusson bereits?“

Die Afrikaner trugen legere Freizeitkleidung, waren aber ihrer Vorliebe für auffällige Farben treu geblieben. Ihre Poloshirts leuchteten rosa und zitronengelb.

„Ja, wir hatten bereits das Vergnügen. Das erzähle ich Dir ein andermal, Friedrich. Ich muss wieder los.“ Jan rief Moppel heran und legte ihn an die Leine.

Die Afrikaner verschwanden in ihrer Ferienwohnung.

„Übrigens, das hatte ich ganz vergessen: Deine Kollegen haben nach Deinem Tipp mit der Reitsportveranstaltung den Besitzer der uns zugelaufenen Pferde ermittelt."

Magnusson blieb abrupt stehen und starrte von Trostorff erwartungsvoll an.

„Wer ist es?"

„Ein Zweitwohnungsbesitzer. Ihm gehört ein Anwesen gar nicht weit von uns. Leider muss man sagen, es gehörte ihm … Der Mann ist tot."

Jans Augen hatten sich zu schmalen Sehschlitzen verengt, die Lippen presste er fest aufeinander. „Ich nehme an, der Mann wurde ertrunken im Watt gefunden, oder?"

„Ja, es ist der Tote vom Böhler Strand. Tragisch. Seine Familie war auf der Kieler Förde segeln. Ein Ausflug und dann so eine Nachricht … Schlimm für die Frau."

Friedrich begleitete Jan noch ein Stück auf dem Kiesweg. Er musste eines der Pferde von der Koppel holen, weil sich Alexa die Hufe anschauen wollte. Er griff sich Halfter und Führleine von einem Wandhaken. Jan starrte wie elektrisiert auf die Führleine. Diese schwarze Kunststoffleine kannte er. Natürlich nicht diese, aber eine ähnliche. Damit war der Tote gefesselt. Also hatte sein Mörder die Pferde auf diese Koppel geführt. Wohl wissend, dass die Tiere im heimischen Stall vor Hunger lärmen würden, sollten sich die Stalltüren nicht zur gewohnten Zeit öffnen.

Wurde der Mann mit der Leine gefesselt und der Flut überlassen oder war er schon vorher getötet worden? Das mussten Wencke und Sören wissen.

In Magnussons Kopf schwirrten auf dem Heimweg tausend Gedanken. Welche Rolle spielten die immer wieder seinen Weg kreuzenden Afrikaner? Zufall? Der Überfall auf Erwin Grünlich ebenfalls Zufall?

Am späten Nachmittag marschierte Magnusson erst einmal zur Polizeiwache in den Deichgrafenweg zum frischgebackenen Polizeihauptkommissar Sören.

Der Junge hatte es eilig. Auf dem Campingplatz war eine Schlägerei im Gange. Zwei gestandene Männer, beide um die Fünfzig, stritten um einen Wohnwagenstellplatz. Der eine beharrte darauf, genau diesen Platz vorbestellt zu haben, der andere wollte nicht von der Stelle weichen. Angefeuert von ihren nicht minder streitsüchtigen Ehefrauen lieferten sich die Männer zuerst nur ein heftiges Wortgefecht. Nach etlichen verbalen Entgleisungen griff der eine schließlich nach einem Campingstuhl und warf ihn auf seinen Kontrahenten. Nun kam der mit einer Bratpfanne bewaffnet auf ihn zu. Jedenfalls hielt einer der zahlreichen, durch den lautstarken Streit herbeigeeilten Campingplatzbewohner den Moment für gekommen, die Polizei einzuschalten. Eine vernünftige Entscheidung. Nach der missglückten Bratpfannenattacke wälzten sich die beiden Streithähne in einem wüsten Ringkampf am Boden.

Sören musste also einschreiten und konnte Magnusson nur im Gehen ein paar hastige Informationsbrocken zukommen lassen.

Ja, der Tote im Watt habe hier einen Zweitwohnsitz gehabt. Ein luxuriöses Anwesen. Auf dem kleinen Dienstweg habe Sören von der Gerichtsmedizin erfahren, dass der Mann gefesselt zur See transportiert wurde und so ertrank. Herr Magnusson solle das natürlich für sich behalten, er wisse ja, dass Sören auch ihm gegenüber der Schweigepflicht unterliege.

Die Pferde werden von der Witwe wieder abgeholt. Der Mörder habe wohl Zeit schinden wollen, indem er sie wegbrachte und einfach zu den anderen auf die Koppel stellte. Oder er wusste hier nicht Bescheid und meinte, es sei die richtige Koppel. Wie auch immer, hätten die Tiere mit ihren Hufen gegen die Stallwand gedonnert, wäre Thauts Verschwinden recht früh aufgefallen. Ja, Magnusson habe richtig verstanden – Jochen Thaut hieß der Tote.

Sören sprang in sein Dienstfahrzeug und fuhr zu den Kampfhähnen auf den Campingplatz.

Der Saal des „Olsdorfer Kruges“ lag im Halbdunkel. Magnusson schloss leise die Tür zur Gaststube und ging auf Zehenspitzen zum nächstgelegenen Stuhl. Auf der hell ausgeleuchteten Bühne lief eine Probe der „Speeldeel“.

Ein bäuerlich gekleidetes Paar saß nebeneinander und blickte geradeaus ins nicht vorhandene Publikum.

„Ick heff di leev“, sagte der Bauer zu der Frau neben sich. In einem gleichgültigen Tonfall, als teile er ihr die Tide mit. In der ersten Reihe der Bestuhlung saß Frau Jensen und beobachtete kritisch die schauspielerische Leistung ihrer Vereinsmitglieder.

Sie verdrehte genervt die Augen zur Saaldecke, sprang vom Stuhl und wies den ‚Bauer' temperamentvoll zurecht:

„Mein Gott, Johann, so geiht dat nich! Faat er doch mal um un wies er dat ock!“

Johann Johannson verließ gegen die Regieanweisung von Olaf Jensen seinen Platz und trat an den Rand der Bühne. Er legte die flache Hand über die Augen, zwinkerte ins

Scheinwerferlicht und wies mit ausgestrecktem Arm auf Jan Magnusson.

„De Polizei! Hat Du den Personalutwies bei, Antje? Oh haua, der kommt bestimmt wegen Eurem Sofa!"

Die Sache war so: Das Ehepaar Jensen bewohnte in Tating ein stattliches Haus. So ein richtig gemütliches Heim mit Wintergarten und Kamin. Die Holzmöbel verströmten einen zarten Holzgeruch und Antje Jensen schnipselte die Buchsbaumhecke vor den Fenstern so akkurat zurecht, dass man die Augen gar nicht wieder davon losreißen mochte. Wie sie nun eines Tages auf dem Weg zum „Olsdorfer Krug" waren, stand vor einem Haus auf dem Fußweg ein kleines Sofa. Irgendeine Ferienwohnung wurde modernisiert und das Stück schien überflüssig geworden. War das nun Sperrmüll? Das kleine Möbelstück mit den geschwungenen Beinen würde genau zur Einrichtung der Jensens passen. Also fackelten sie nicht lange, luden das Stück ins Auto und fuhren davon. Im Verein wurden sie deshalb immer wieder geneckt: Wird wohl nicht lange dauern, dann holt jemand sein Sofa wieder ab! Tja, Herr Magnusson schien ihnen auf die Schliche gekommen zu sein.

„Keen Bang!", Jan machte eine wegwerfende Handbewegung. „Ich bin pensioniert und von einem Sofa weiß ich sowieso nichts. Eigentlich wollte ich nur bei Ihnen zuschauen. So als Renter."

Die Jensens atmeten erleichtert auf. Keine Gefahr für ihr hübsches Möbelstück.

„Warum nicht?", Herr Jensen blätterte in seinen Unterlagen. „Wir freuen uns immer über neue Mitspieler, die des Plattdeutschen mächtig sind. Erwin Grünlich fällt ja leider für die nächsten Vorstellungen aus. Trauen Sie sich seine Rolle zu?"

„Was genau müsste ich denn da machen?", fragte Magnusson vorsichtig.

„Zuerst einmal in den Text einarbeiten." Olaf Jensen reichte ihm ein Bündel loser Blätter.

Magnusson fächerte fassungslos die Seiten auseinander. „Was denn, das alles hat Erwin Grünlich aufzusagen? Alles auswendig lernen?"

„Alles", nickten die Jensens bestätigend.

Jan kratzte sich verlegen am Kopf. „Ich glaube, das mit der Schauspielerei, also das überlege ich mir noch mal. Sagen Sie, der Erwin Grünlich, hat der eigentlich Feinde hier im Ort?"

Die Jensen verständigten sich mit dem Bauernpaar auf der Bühne mit einem kurzen Blickwechsel. „Ach woher denn? Der Erwin doch nicht!"

„Ich dachte nur, wegen des nächtlichen Überfalles. Vielleicht der eifersüchtige Ehemann einer Verehrerin – so was soll vorkommen."

Jensen wehrte lachend ab. „Erwin Grünlich ist kein Superstar. Von Verehrerinnen keine Spur. Außerdem ist er heute Mittag aufgewacht. Wissen Sie das denn nicht?"

Ja, Grünlich hatte mit brummendem Schädel, aber zeitlich und örtlich gut orientiert berichtet, dass er an dem fraglichen Abend gerade das Anwesen mit den Pferdeställen passierte, als ihm ein Auto auffiel. Es stand halb hinter einem Gebüsch versteckt. Grünlich dachte an ein Liebespaar und wollte sich mit Hilfe der Uniform einen Spaß machen. Also trat er forsch an das Fahrzeug heran. Nur – das Nummernschild zeigte ihm, dass er keinen Hiesigen vor sich hatte. Ein Leipziger Kennzeichen. Unter diesen Umständen ein riskanter Scherz, den er da plante, die Fremden würden ihn womöglich wegen Amtsanmaßung anzeigen. Als er den sich bewegenden Schatten im seitlichen Gebüsch bemerkte, war es zu spät. Er verspürte einen schmerzhaften Schlag, sah für eine Sekunde Sterne aufblinken, dann wurde es dunkel um ihn.

Johann Johannsen fing an zu quängeln: „Machen wir nun mal weiter mit der Probe oder nicht?"

Magnusson verabschiedete sich. „Ich will Sie nicht weiter aufhalten. Vielen Dank für den Einblick in ihre Arbeit."

Und vielen Dank auch für die Informationen über Erwin Grünlich. Aber das sagte er natürlich nicht laut.

13.

Sonja Egelmann blinzelte in die Sonne. Sie war mit ihrem Leben zufrieden. Soeben von einem ausgedehnten Einkaufsbummel durch Hamburgs Nobelgeschäfte zurückgekehrt, saß sie nun auf der Terrasse des Hotels an der Alster bei einem Eiscafe und überdachte ihre, in etlichen Tüten neben ihrem Stuhl befindlichen Neuerwerbungen. Die Namen auf den Tüten verdeutlichten, hier saß eine Frau, die sich Luxus leisten konnte.

Der Juwelier hatte die Kette mit dem rosa Diamanten gern zurückgelegt. Selbstverständlich dürfe die Kundin ihre Kaufentscheidung überschlafen.

Sonja würde sie morgen kaufen. Zwei-, dreimal leistete sie sich im Jahr eine solche Einkaufsorgie. Als Entschädigung sozusagen. Mit Ferdinand war nämlich nicht mehr viel los.

Nicht nur, dass sich sein Alter mit immer mehr Wehwehchen deutlich bemerkbar machte, neuerdings litt er auch noch unter unerklärlichen Angstzuständen. Am liebsten blieb er zu Hause. Jede Veränderung rief neue Panikattacken hervor.

Trotzdem haderte sie nicht mir ihrem Schicksal. Wenn sie an ihre Zeit als unbedeutende Sekretärin in der DDR zurückdachte, schüttelte sie amüsiert den Kopf. Wenn ihr damals jemand prophezeit hätte, dass sie eines Tages ein sorgloses Leben an der Nordseeküste führen würde, sie hätte sich einfach nur an die Stirn getippt. Ihrem Gatten – mochte der nun auch alt und wunderlich sein – verdankte sie dieses Leben. Er erkannte damals die Chancen, welche sich für gewiefte Leute in gewissen Positionen eröffneten. Diese arroganten Westdeutschen, die glaubten, im Osten auf lauter Naivlinge zu stoßen! Sie kicherte verhalten. Egelmann brachte jahrelang seine Schäfchen ins Trockene, ohne dass dem aus dem Saarland importierten Behördenchef das Geringste schwante. Der ahnte nicht mal, was für Leute er da beschäftigte. Notfalls wurde in den Lebenslauf ein bisschen korrigierend eingegriffen oder einfach ein unliebsames Detail der Vergangenheit weggelassen. Nicht böswillig, natürlich nicht – sondern einfach vergessen. Die Lücken im Lebenslauf bemerkten die mit ihren schwerfälligen Überprüfungsmethoden erst nach Jahren – wenn überhaupt.

Sonja Egelmann spürte, dass sie vom gegenüberliegenden Tisch beobachtet wurde. Sie tat, als suche sie etwas in einer der zahlreichen Einkaufstüten und drehte dabei unauffällig den Kopf. Am Tisch nahe der Alster saß ein junger Mann. Schätzungsweise Mitte Zwanzig, höchstens Dreißig. Er trug ein weißes, bis zum Bauchnabel aufgeknöpftes Hemd. Zum Zeichen, dass er ihr Manöver durchschaut hatte, lächelte er sie an und schob seine Sonnenbrille ins dichte, dunkel gelockte Haar. Sie lächelte zurück.

Viel zu jung. Egelmann war zu alt – der hier entschieden zu jung. Ihre Gedanken wanderten wieder zur Kette mit dem rosa Diamanten. Wenn sie morgen kaufen wollte, brauchte sie Geld. Nicht per Kreditkarte bezahlen, Ferdinand musste nicht alles wissen. Also erst zur Bank. Im Schließfach einer Hamburger Bank ruhte genügend Geld. In absehbarer Zeit wollte Egelmann die Summe gewinnbringend bei einer Lichtensteiner Bank anlegen. Die größeren Barbeträge, die er von der Tiefbaufirma regelmäßig erhielt, konnten sie damals unmöglich auf einem Konto anlegen. Wenn etwas aufflog, suchten die da zuerst. Das Schließfach schien ihnen die beste Zwischenlösung zu sein. Nach und nach wandelten sie die Euros in Goldmünzen um. Eine veredelnde Form der Geldwäsche.

Ein Schatten fiel auf Sonjas Tisch. Der junge Mann stand neben ihr.

„Darf ich mich zu Ihnen setzen? Sie sind doch allein hier?“ Er lächelte wieder gewinnend.

„Gerne.“ Sonja nahm ihre Sonnenbrille vom Tisch und setzte sie auf. Die kleinen Fältchen um die Augen waren jetzt unsichtbar.

Eine Stunde später trällerte Sonja einen alten Schlager unter der Dusche ihres Hotelzimmers. Der junge Mann erwies sich als charmanter Unterhalter. Sie wusste nun, dass er Medienwissenschaften studierte und über jede Menge freie Zeit verfügte. Offensichtlich schien er an ihr interessiert zu sein, schließlich drängte er auf ein Wiedersehen. Endlich wieder einmal Aussicht auf einen vergnügten Abend in einer angesagten Bar. Sie schlüpfte in den weichen Bademantel und schüttete den Inhalt ihrer Einkaufstüten auf das Hotelbett. Das türkisfarbene Seidenkleid würde sie tragen und dazu die zwölf Zentimeter hohen silberfarbenen Pumps. Genau. Fehlte nur noch ein gekonntes Make up und der Altersunterschied zwischen ihnen würde im schummerigen Licht einer Tanzbar keinem auffallen. Schade nur, dass sie den rosa Diamanten erst morgen besitzen würde.

Ach ja, das Geld dafür musste sie noch abholen.

Der Bankangestellte geleitete Frau Egelmann zu den Schließfächern. Sie stöckelte ihm auf ihren hohen Absätzen hinterher. Die Treppe hinunter, vorbei am Security-Wachdienst. Der schaute erstaunt der eleganten Erscheinung hinterher. Die meisten Bankkunden erschienen wohl eher unauffällig gekleidet, um in ihrem Schließfach nach dem Rechten zu sehen. Der Mitarbeiter der Bank öffnete die Sicherungstüren der Panzerschränke und ließ die Dame dann diskret in dem fensterlosen Raum allein. Sonja bückte sich zu dem niedrigen Fach, holte ihren Schlüssel hervor, lauschte dem vertrauten Knacken des Schließgeräusches und öffnete die schwere Tür. Sie griff hinein, nach dem zuvorderst liegendem Geldbündel tastend. Ihre Finger verspürten nur glatten Stahl. Sie schob ihren Arm bis zum Ellenbogen hinein. Nichts. Sonja Egelmann ging auf die Knie, schleuderte die hinderlichen Pumps von den Füßen und blickte in das Stahlfach. Es war vollkommen leer.

14.

Der Morgen begann unerwartet warm. Bereits zum Frühstück öffnete Jan weit die Terrassentüren und legte die Sitzkissen auf den Freiluftsitzplatz. Moppel trottete apathisch zum Apfelbaum und ließ sich mit einem tiefen Seufzer ins Gras sinken. Marlene stellte das üppig beladene Frühstückstablett ab und schenkte Kaffee ein.

„Ungewöhnlich für den Norden. Fast italienisch, diese Wärme“, sie fächelte sich mit einer Serviette Luft zu.

„Wirklich untypisch, diese Windstille, so etwas habe ich hier noch nicht erlebt“, bestätigte Jan, „hoffentlich kommt das dicke Ende nicht nach.“ Er blickte misstrauisch zum Himmel, der sich jedoch ungetrübt strahlend blau präsentierte.

„Wie kommst Du voran?“ Er meinte ihr Lektorat.

Marlene strich reichlich Honig auf ihr Brötchen. „Bestens. Wenn Du noch ein paar Vormittage aushältst, bin ich pünktlich fertig.“

Er seufzte erleichtert. Wieso ertrug er es eigentlich so schlecht, wenn sich Marlene zurückzog? Jahrelang hatte er allein gelebt und weibliche Gesellschaft nicht vermisst. Bei ihr war alles anders. Er wollte sie ständig um sich haben. Wenn sie mit anderen Leuten redete, bekam er schon schlechte Laune. Nennt man das nicht besitzergreifend? Egal. Er wollte mit ihr zusammen sein, ihre humorvollen Kommentare bei den gemeinsamen Unternehmungen hören und ihre nur auf ihn gerichteten Aufmerksamkeiten genießen. Marlene hatte seine Libido wieder entfacht. Was heißt, wieder – so wie jetzt hatte er sich noch nie in seinem Leben gefühlt. Nicht mal in seiner Jugend Maienblüte. Jan Magnusson war glücklich.

Sie legte einen Papierschnipsel neben seinen Teller. „Würdest Du mein Kleid aus der Reinigung holen?“

„Natürlich. Ich nehme Moppel mit. Wir laufen unsere übliche Strecke – Richtung Böhl. Auf dem Rückweg hole ich dann das Kleid ab.“

Marlene räumte nach Jans Weggang hastig die Küche auf, bereite etwas Salat mit Putenstreifen fürs Mittagessen vor und stieg dann hinauf in ihr Arbeitszimmer. Sie hatte noch nicht einmal den Computer hochgefahren, als die Türklingel sie wieder nach unten rief.

Frau Brausewetter. Auch das noch. Wenn die erst einmal ins Reden kam, brachte sie heute nichts mehr zustande.

Die korpulente Dame hielt in beiden Händen ein Backblech, von dem ein verführerischer Duft nach frischgebackenem Heidelbeerkuchen aufstieg.

„Ich will nicht stören, Frau Magnusson. Aber ich weiß ja, wie gern Herr Magnusson diesen Kuchen isst und so ein zweites Blech ist doch ratz-fatz belegt …“

Marlene lächelte besiegt und nötigte die Besucherin zum Sitzen und zu einer Tasse Kaffee.

Frau Brausewetter druckste eine Weile herum, dann rückte sie mit der Sprache heraus.

„Nicht dass mich das etwas angeht, Frau Magnusson, verstehen Sie mich bitte nicht falsch …“

Aha, dachte Marlene, der Kuchen musste als Vorwand für die Brausewettersche Neugier herhalten. Na denn, los. Sie will bestimmt etwas über den Toten im Watt erfahren. Bedauerlich für sie, dass ich kaum etwas darüber weiß.

Zu Marlenes Verwunderung ging der Vorstoß in eine ganz andere Richtung.

„Glauben Sie, dass Herr Magnusson treu ist?“

Marlene setzte scheppernd die Kaffeetasse ab.

„Frau Brausewetter, wie kommen Sie denn auf so etwas?"

Die Brausewetter rang verlegen die Hände.

„Es geht mich ja nichts an, aber ich freue mich, dass Sie beide so glücklich miteinander sind und ich möchte, dass es so bleibt …"

„Jetzt aber mal Butter bei die Fische!" Marlene wusste nicht, was sie von dem Gestammel halten sollte.

„Also … neulich auf der Buhne … da traf Herr Magnusson auf so ein junges Mädchen und hat mit ihr geredet …, vertraut geredet …"

„Na und? Das ist doch völlig normal!"

„Normal? Die hätten Sie mal sehen sollen, das war eine, bei der sogar der Papst schwach wird! Und wie Herr Magnusson die angepliert hat! So!" Sie riss ihre Augen auf und ließ den Unterkiefer herabklappen.

Marlene bekam bei diesem Anblick einen Lachanfall. Sie wischte sich mit dem Handrücken ihre Lachtränen ab.

„Frau Brausewetter … wie sagten Sie so schön? Ja, ja … von Frau zu Frau … Es ist nun mal so, dass Männer von hübschen, jungen Mädchen fasziniert sind. Ihr Hinnark auch. Nebenbei gesagt, je älter der Mann wird, umso anziehender wirken die Jungen auf ihn. Seine Sterblichkeit wird ihm schmerzlich bewusst. Dagegen möchte er etwas tun – bevor es zu spät ist. Ein biologisches Programm sozusagen, was da abläuft."

Die Brausewetter protestierte energisch. „Bei meinem Hinnark nicht!"

„Doch. Berthold Brecht hat es zugegeben." Marlene rezitierte schmunzelnd ein Gedicht von ihm, in dem es um das üppige Hinterteil einer verführerischen Frau in gelber

Seide ging. Ihre Informantin schob trotzig die Unterlippe vor und schüttelte den Kopf. „Die hatte gar nichts Gelbes an!"

Marlene verdrehte die Augen. „Dann muss ich eben deutlicher werden. Nicht mit meinen eigenen Worten, sondern wieder ein Zitat, wohlgemerkt: Ein Brasilianer, Jorge Amado, hat das sinngemäß so ausgedrückt: Zwar sei es nicht möglich, mit allen Frauen dieser Welt zu schlafen, aber versuchen dürfe Mann es schon." Die Brausewetter kapitulierte. Wenn Frau Magnusson nicht eingreifen wollte, dann konnte sie ihr auch nicht helfen.

An der Haustür, drehte sie sich noch einmal um. „Sie mit ihren Dichtern …, das ist doch Swienkram! Ich kann jedenfalls eins und eins zusammenzählen und was meinen Hinnark betrifft, wenn der Stilaugen nach einer im gelben Seidenkleid machen würde, dann …", sie straffte ihren fülligen Körper, „dann würde ich ihm mit der Bratpfanne eins überziehen, jawohl!"

Auf dem Weg zum Südstrand begegnete Jan vielen Touristen. Die morgendliche Hitze, dazu die spiegelglatte See. Das lockte auch die Langschläfer früher in den Strandkorb. Jan mied die dichtbefahrene Busspur, ging weiter auf dem Deich, bevor er in den nächsten Fußweg durch die Salzwiesen abbog. Hier herrschte Ruhe und genau die brauchte er, um über den Mord nachzudenken.

Er war noch nicht einmal eine halbe Stunde gegangen, als sich urplötzlich am Horizont eine schwarze Gewitterfront aufbaute. Die auf den Salzwiesen weidenden Kühe wichen vor dem sich nähernden Unwetter zurück und trotteten, Eine hinter der Anderen, in einer langen Kette an ihm vorbei. Wie beim Viehtrieb, nur dass ihnen kein Hirte den Weg wies, sondern ihr Instinkt.

Moppel hielt sich dicht an seiner Seite. Die Gewitterwolken breiteten sich immer mehr aus, über das Gras des Grünlandes strich der Wind immer heftiger, er schuf sich eine Dünung an Land, eine Grasdünung. Die ersten Blitze zuckten im Schwarz der Wolkenwände auf. Magnusson beschleunigte sein Tempo. Neben dem Leuchtturm befand sich eine Schutzhütte. Diese galt es schnellstmöglich zu erreichen. Er schloss das Gatter der Kuhweide hinter sich, da öffnete der Himmel seine Schleusen. Es goss wie aus Kannen. Blitze zuckten von allen Seiten auf. Der grollende Donner folgte in immer kürzeren Abständen. Im Laufschritt erreichte er die schützende Bretterhütte, sicher hinter Leuchtturm und Deich am Rande des Kiefernwäldchens gelegen. Sollte der Blitz einschlagen, dann in den Leuchtturm. Jans Hosenbeine klebten völlig durchnässt an seinen Oberschenkeln. Das Hemd zum Auswringen, Sturzbäche troffen von seinem Haar.

„Schietwetter!"

Zwischen den Regenpfützen des Weges sprang eine männliche Gestalt herum und suchte ebenfalls Schutz in der Hütte.

„Doktor Eichenwald!" Magnusson musterte amüsiert den Arzt, dessen schicke Golfkleidung pitschnass am stämmigen Körper klebte. Sein haarloser Schädel vermochte dem strömenden Regen nichts entgegenzusetzen, so dass die Tropfen ohne Widerstand über sein Gesicht rannen.

„Kein Wölkchen heute früh über dem Grün, Herr Magnusson! Kein Wölkchen! Und jetzt aus heiterem Himmel dieses Unwetter!" Er wischte sich mit seinem ebenfalls nassen Taschentuch wiederholt über den Schädel. Ein sinnloses Unterfangen, welches er bald einstellte und das Taschentuch über einen Balken der Hütte zum Trocknen aufhängte.

Es erschien den beiden Männern vernünftig, hier auszuharren, bis die ergiebigen Wolkenbrüche sich erschöpfen würden. Sie setzten sich auf die Bank und schauten dem Hund zu, der mit ausdauerndem Schütteln die Nässe aus seinem Fell schleuderte.

Jan versuchte, mit einem Gespräch das unangenehme Gefühl nasser, am Körper klitschender Kleidung zu verdrängen.

„Sagen Sie Doktor, haben Sie jemals mit Hypnose gearbeitet?"

Eichenwald, froh über die Ablenkung von der misslichen Lage, schüttelte seinen blanken Schädel.

„Zu meiner Zeit nicht üblich. Wurde im Studium gar nicht angesprochen, weil es dieses Geschmäckle von Variete und zweifelhaften Künsten hatte. Heute jedoch arbeiten viele Kollegen mit einer solchen Ausbildung, meistens in der Anästhesie und in den psychotherapeutischen Fachdisziplinen. Ich habe mal an so ein paar Weiterbildungen teilgenommen. Rein informativ. Warum fragen Sie, wollen Sie sich demnächst die Spritze beim Zahnarzt ersparen?"

„Nein", Magnusson wollte in eine andere Richtung.

„Meine Frau hatte neulich so ein Erlebnis. Tja, wie soll ich das nennen? Es war so etwas ähnliches wie Hypnose und doch wieder ganz anders. Ich kann das nicht so genau erklären."

„Nennen wir es doch einfach einen veränderten Bewusstseinszustand. Dazu gehört nämlich die Hypnose." Eichenwalds gebräunte Stirn lag in Falten, sein Medizinergedächtnis kramte nach Fakten.

„Die Person ist bei Bewusstsein, weißt aber nur geringe, selbstinitiierte geistig-psychische Aktivität auf. Der Hypnotiseur arbeitet vorrangig mit Suggestion. Übrigens sind etwa zehn Prozent der Menschen einer solchen Beeinflussung gegenüber völlig unzugänglich, etwa zwanzig Prozent können in tiefe Hypnosezustände geraten. Alle übrigen liegen irgendwo dazwischen. Darf ich fragen wie Ihre Gattin damit in Berührung kam?"

„Eigentlich zufällig. Wir haben zwei Afrikaner kennen gelernt. Die haben uns ihre außergewöhnlichen Fähigkeiten eindrucksvoll demonstriert. Beide übrigens Berufskollegen von Ihnen."

„Afrika? Soso. Die westliche Gesellschaft begegnet veränderten Bewusstseinszuständen jeder Art im allgemeinen mit Misstrauen und diese weit verbreitete Einstellung behindert die adäquate Erforschung dieser Zustände. Die Naturvölker haben sie dagegen schon immer als einen Hort von geheimen Wissen gesehen und nur Ausgewählten weitergegeben. Praktisch Psychotherapie damit betrieben. Sie nannten es nur anders – Zauberei. Es soll in diesem Bereich für uns Europäer unglaubliche Phänomene geben, hervorgerufen durch eine Mischung von Drogen, regelrecht toxischen, uns bisher unbekannten Substanzen, hypnotischen Einwirkungen und erreichten Zuständen von Körperlosigkeit. Schon mal was von Zombis gehört? Tja, die Dosis macht das Gift – wie schon Paracelsus sagte und ich wette, die alten Schamanen hatte eine enorme Exitusrate unter den ersten Probanden."

„Moment!", Magnusson wollte das nicht widerspruchslos akzeptieren. „Sie tun ja so, als sei es das Natürlichste von der Welt, dass ein anderer Mensch meinen Willen beherrschen kann!"

Hier lächelte Doktor Eichenwald fein.

„Die Menschen sind keinesfalls Herren über ihren eigenen Willen, nicht wirklich fähig frei zu denken und zu handeln. So manche Erfahrung, welche die Menschheit im Laufe ihrer Entwicklung gesammelt hat, ist im Unterbewusstsein des Einzelnen gespeichert. Der freie Wille ist eine Illusion. Die Biologie des Gehirns lässt freie Entscheidungen gar nicht zu."

„Was?" Jan wollte nicht glauben, was der Mediziner da von sich gab.

„Es gab bereits vor längerer Zeit neurophysiologische Experimente", Eichenwald erhob sich von der Holzbank und dozierte, hin- und hergehend, weiter, „die auch unter streng wissenschaftlicher Betrachtung zu dem Ergebnis kamen, dass Menschen eigentlich gar nicht selbstgesteuert agieren". Er legte die Hände auf den Rücken und marschierte vor Magnusson weiter auf und ab, so, als spreche er vor einem Hörsaal junger Studenten. „Noch bevor Menschen sich bewusst werden, dass sie eine Handlung ausführen möchten, setzt in ihren Gehirnen eine neuronale Aktivität ein, ein sogenanntes Bereitschaftspotential entsteht. Das bedeutet, der bewusste Willen kann gar nicht die Ursache der Handlung sein, denn der Wunsch, jetzt aktiv werden zu wollen, kommt erst auf, wenn im Gehirn schon alle Vorbereitungen getroffen sind."

Er blickte triumphierend auf seinen Zuhörer und vergaß völlig, dass er hier nicht vor Studenten der medizinischen Fakultät sprach, sondern ein durchnässter Polizist seinem Fachchinesisch mühsam zu folgen versuchte.

„Also – was schließen wir daraus?“ Da keine Antwort erfolgte, gab er sie selbst.

„Wenn im Bewusstsein ein Wille auftaucht, dann gab es zuvor eine unbewusste Vorbereitung darauf!“

„So ähnlich hat uns Herr Kajombo das auch erläutert“, knurrte Jan zwischen den Zähnen hervor, „nur die Quelle, den Reiz, wollte er partout nicht nennen.“

„Die Neurobiologen arbeiten daran. Es gelingen immer bessere Einblicke in die menschlichen Gehirne. Man schätzt allgemein, dass es den Wissenschaftlern in den nächsten zwanzig Jahren gelingen wird, die für uns heute noch blinden Flecke zu analysieren.“

Der Doktor schien am Ende seiner Ausführungen angekommen zu sein und hockte sich wieder neben seinen Unwetter-Gefährten auf die Bank.

„Die Ergebnisse dieser Forschungen werden die Welt verändern. Nicht gerade zum Guten, wie Sie sich denken können. Die Manipulationen werden – ähnlich wie bei den Schimären, diesen Entsetzlichkeiten der Gentechnik – grenzenlos sein. Gewissenlose Wissenschaftler finden sich immer.“

„Wenn man Ihnen so zuhört, kann man richtig froh sein, diese Zukunft nicht mehr erleben zu müssen.“, sagte Magnusson.

„Ja, die Gnade der frühen Geburt“, pflichtete der Arzt ihm bei. „Übrigens, der Regen hat fast aufgehört.“

Den Weg zum Kuhsteig ging Magnusson noch zusammen mit dem Arzt. Dann überließ ihn dieser allein seinen aufgewühlten Gedanken.

15.

„Bist Du jetzt vollkommen wahnsinnig geworden?"

Die schrille Frauenstimme steigerte sich am Ende des Satzes zu einem Kreischen.

Frau Brausewetter öffnete leise die Kinderzimmertür, in dem sie gerade putzte, schob vorsichtig mit dem Fuß den Putzeimer beiseite und schlich auf Zehenspitzen zum Treppenabsatz.

Drunten, im Wohnzimmer, stand Frau Egelmann mit wutverzerrtem Gesicht und zerzauster Frisur. Die silbernen Pumps und das türkisfarbene, plissierte Seidenkleid passten nicht recht zu dieser vormittäglichen Stunde. Frau Brausewetter konnte nicht wissen, dass die Egelmann eine schlaflose Nacht in ihrem Hamburger Hotelzimmer verbracht hatte, in der sie abwechselnd ihren Mann als abgefeimten Halunken und ausgekochten Dreckskerl beschimpfte und zwischen den als Selbstgespräch geführten Verwünschungen sich selbst eine vertrauensselige, dumme Kuh nannte.

Der Herr des Hauses saß zusammengesunken im Sessel und ließ die Drohgebärden seiner Gattin teilnahmslos über sich ergehen.

„Ich Idiotin! Dein ständiges Gefasel von Gedächtnisverlust und Angstzuständen diente nur dem einen Zweck: Hinter meinem Rücken das Vermögen beiseite bringen!", sie raufte sich die Haare und stampfte mit dem Fuß so heftig auf, dass der hohe Absatz abbrach. Sie zog den lädierten Schuh vom Fuß und trat damit einen Schritt näher an Egelmann heran.

„Wo ist das Geld aus dem Schließfach? Wo sind die Goldmünzen? Ich will meinen Anteil!“

Bei jedem Satz hieb sie dem verängstigt Blickenden mit dem Schuh auf den Kopf.

Frau Brausewetter presste vor Aufregung, damit ihr kein Laut entführe, das Staubtuch auf ihren Mund. Die stritten da unten um Geld und Gold. Bei denen stimmte etwas nicht, das war ihr gleich aufgefallen, als sie diese Stellung annahm.

Er hob abwehrend die Hände. „Sonja, so glaub’ mir doch! Ich war schon wochenlang nicht in Hamburg! Die Fahrt dahin würde ich momentan gar nicht durchstehen. Ich habe das Schließfach der Bank nicht geleert, wie oft soll ich das noch sagen!“

Seine Frau ließ von ihm ab und er legte den Kopf in den Nacken und starrte mit leerem Blick zur Decke. Frau Brausewetter wich schnell einen Schritt zurück. Die beiden dachten offensichtlich nicht an die Haushälterin im Obergeschoss, sonst würden sie nicht so hemmungslos streiten.

„Weißt Du, was ich denke, Sonja?“, er sprach mit dünner Stimme. „Ich denke, mich hat jemand verhext!“

„So! Und soll ich Dir sagen, was ich glaube? Ich denke, dass Du an jenem Tag, an dem Du angeblich bewusstlos zwischen den Gartenblumen lagst, nach Hamburg gefahren bist und dort heimlich das Schließfach geleert hast!“ Sie schleuderte den Schuh gegen seine Brust und baute sich drohend direkt vor ihm auf.

„Aber damit kommst Du bei mir nicht durch. Du meinst wohl, weil es sich um Schwarzgeld handelt, aus Betrügereien gewonnenes Geld, dass ich keine Möglichkeit habe, meine Ansprüche durchzusetzen? Da irrst Du Dich gewaltig. Ich werde Mittel und Wege finden …, verlass Dich drauf! Selbst wenn mein Anwalt keine Chancen sieht, dann … dann …, Deine unsauberen Geschäfte im Amt sind noch nicht verjährt, ich zeige Dich an, Ferdinand, damit Du Bescheid weißt!“

Sie drehte sich mit einem Ruck um und ging zur Treppe.

Frau Brausewetter hatte Mühe, schnell in dem Kinderzimmer zu verschwinden. Sie schloss geräuschlos die Tür und lehnte sich schweratmend dagegen. Dieser Egelmann – ein Ganove! Nur – die Frau irrte sich, wenn sie dachte, der spiele ihr etwas vor. Frau Brausewetter hatte in letzter Zeit genug Gelegenheit, ihn zu beobachten. Die Teilnahmslosigkeit und die Panikattacken waren echt, daran bestand kein Zweifel. Der Mann lief zeitweise wie ferngesteuert durchs Haus. Was hatte er gesagt? Verhext? So was soll's geben. Mit derlei unheimlichen Dingen kannte sie sich nicht aus. Aber ihre Schulfreundin aus Jungmädchentagen, die Frauke, die wusste mit Tischerücken und so okkulten Sachen Bescheid. Sie beschloss, die Reinigungsarbeiten für diesmal unter einem Vorwand vorfristig einzustellen und Frauke noch heute anzurufen. Sie musste einfach mit jemand darüber reden – natürlich unter dem Siegel der Verschwiegenheit.

Etwa zu der gleichen Zeit, in der Frau Brausewetter hastig Wischmob und Glaspolitur beiseite räumte und sich der Kittelschürze entledigte, saßen im Saunabereich der Dünen-Therme zwei Männer beieinander.

Sie hatten sich für die Birken-Sauna entschieden. In einem Sudkessel über dem Saunaofen köchelten Birkenzweige, deren Duft den Raum wohltuend und würzig durchströmte. Die Sauna-Landschaft mit ihrem weitläufigem Freigelände, dem Meerwasserfall und dem Meerwasserbecken, war fast menschenleer. Das schöne Wetter dieses sonnigen Spätsommertages verbrachten die meisten Feriengäste lieber am Strand. Nur eine Jugendgruppe halbwüchsiger Burschen erschien. Laut schwadronierend und Hallodri treibend, entschieden sie sich dann doch für die Blockhaus-Sauna. Der Lärm verebbte und die beiden Besucher der Birken-Sauna saßen wieder allein auf ihren Holzbänken, eingehüllt von langsam durch den Raum wabernden Dampfschwaden.

„Sie werden noch eine Weile brauchen, aber früher oder später kommen sie auch auf uns." Der Sprechende schaute dem anderen bei diesen Worten nicht ins Gesicht. Er stützte die Ellenbogen auf die Oberschenkel und wischte sich mit den Handflächen den Schweiß aus dem Gesicht.

„Na und? Können die irgendetwas beweisen? Thaut lebt nicht mehr. Seine Witwe hat keine Ahnung. Außerdem gab es da noch diesen Gerber, dem ist wohl einiges zugeschoben worden."

Sein Gegenüber nickte. „Gerber war ein Glücksfall. Damals. Die letzten Submissionssachen werden wir ihm nicht mehr anhängen können. Du müsstest Deine Verbindungen zur Staatsanwaltschaft reaktivieren. Eine Frau, wenn ich mich recht erinnere, oder?", sagte er grinsend.

„Mmh. Kein Problem. Die Dame hat einen Narren an mir gefressen. Eigentlich nicht mein Typ. In diesem Fall jedoch … Die Informationen werden uns helfen, immer einen Schritt voraus zu sein. Selbst wenn es zum Äußersten, das heißt, zur Anklage käme, kann sich so ein Prozess über Jahre hinziehen. Revisionen, Aussageverweigerungsrechte, Gutachten, Gegengutachten, Befangenheitsanträge …", er lachte selbstzufrieden, „Während dieser Zeit können Richter in Pension gehen und Zeugen sterben. Biologisch natürlich oder unfreiwillig. Dann fangen die wieder von vorn an und irgendwann greift die Verjährung."

„Trotzdem, je mehr Leute den Mund halten, um so besser. Was ist mit Egelmann?"

Sein Gesprächspartner winkte ab.

„Scheint senil geworden zu sein. Faselte neulich was von Schwarzer Magie."

Der Andere nickte zufrieden. „Um so besser. Wolltest Du nicht Deinen Wohnsitz wechseln? Bahamas?"

„Nein, nicht die Bahamas. Zu wenig Infrastruktur. Meinen Lebensstil möchte ich schon weiter pflegen." Er lehnte sich genüsslich zurück. „So ein Auslandswohnsitz am Mittelmeer hat ungeahnte Vorteile."

„So?"

„Allein die Zustellung der Vorladungen vor Gericht sind ein schwieriges Unterfangen. Gegebenenfalls erhält man die zuzustellende Post einfach nicht. Soll im Süden öfters vorkommen. Die reinste Schlamperei dort."

In diesem Moment wurde die Tür der Birken-Sauna mit energischem Ruck aufgerissen. Drei schwergewichtige Matronen, eingehüllt in weiße Badetücher, stürmten in die Sauna. Beim Anblick der beiden Männer kicherten sie wie Teenager und belagerten flüsternd schwatzend die obersten Ruhebänke.

Die Männer verständigten sich mit einem schnellen Blickwechsel, schlangen ihre Handtücher um die Hüften und verließen schlendernden Schrittes den Raum.

16.

Der Bauernhof in der Marsch, den Frau Brausewetter zielsicher ansteuerte, gehörte schon seit Generationen den Ostermanns. Der Familie haftete seit ewiger Zeit das Geheimnis der Spökenkiekerei an. „Das zweite Gesicht", wie die Leute die geheime Gabe auch nannten, zeigte sich bei den Auserwählten häufig in hellen Mondnächten. Ein innerer Zwang lässt sie aus tiefstem Schlaf erwachen und treibt sie ins Freie oder ans Fenster. Dort sehen sie dann, was manchmal erst Jahre später wirklich eintrifft. Schlimme Dinge, wie Beerdigungen, Sturmfluten, Feuersbrünste und ausbrechende Kriege. Frau Brausewetter dachte an die vielen Geschichten, welche über solche geheimnisumwitterten Seher in Nordfriesland kursierten. Sie gruselte sich ein wenig, als sie in der Dämmerung den weidenumsäumten Weg zum Gehöft einschlug. Ein Gedicht aus ihrer Schulzeit von der Droste-Hülshoff ging ihr durch den Sinn:

Kennst Du die Blassen im Heideland,
mit blonden, flachsenen Haaren?
Mit Augen, so klar wie an Weihers Rand,
die Blitze der Welle fahren?
Oh, sprich ein Gebet, inbrünstig echt,
für die Seher der Nacht, das gequälte Geschlecht!"

Genau so sah Frauke aus. Hellblonde Haare, jedenfalls noch bis vor einigen Jahren, inzwischen war auch sie ergraut, wasserblaue Augen, eine blasse Gesichtsfarbe und ein zeitweilig entrückter Blick. So sahen sie alle aus. Jene, welche sahen, was anderen verborgen blieb. Die zartbesaitete Frauke fiel beim Schweineschlachten zwar regelmäßig in Ohnmacht, scheute aber keinesfalls davor zurück, nächtens erschaute, offene Särge in den schrecklichsten Details zu schildern. Als ob sie in einer Zwischenwelt lebte und feinfühlig die Nachrichten von dort aufnahm. Seit sie den Tod des Ladenbesitzers Overstedt gesehen hatte und der auch wirklich ein halbes Jahr später beim Biike-Brennen die Leistungsfähigkeit seiner Leber überschätzte, die das Übermaß an Alkohol nicht zügig genug verarbeiten konnte und er sturzbetrunken in einen Sielzug fiel, wo er ertrank. Seitdem galt Frauke auf Eiderstedt als anerkannte Spökenkiekerin.

Die schwere Eichentür zum Wohnhaus klemmte etwas. Frau Brausewetter warf sich – zu allem entschlossen – mit ihren ganzen hundert Kilo Lebendgewicht dagegen.

Im halbdunklen Wohnzimmer der Ostermanns saß Frauke. Die Dämmerung verlieh dem blassen Gesicht einen geheimnisvollen Schimmer. Sie drückte der Brausewetter wortlos die Hand und bot ihr mit einer Geste den vorgesehenen Platz am runden Tisch an. Die blank polierte Tischplatte war leer, nur eine Kerze in silbernem Leuchter stand darauf. Frauke griff nach den daneben liegenden Streichhölzern und entzündete sie. Das Flackern des schwachen Lichtscheines ließ tanzende Schatten über die Wände des Raumes zucken. Das Gesicht der vertrauten Schulfreundin erschien in der spärlichen Lichtquelle auf einmal fremd und verschlossen. Am liebsten hätte die Brausewetter sich vorsichtshalber bekreuzigt. Jedoch erschien es ihr albern. War es doch immer noch die gleiche Frauke, mit der sie bis zur Konfirmation die Schulbank gedrückt hatte. Die Neugier besiegte ihre Furcht. Wie jedermann erfuhr auch sie im Laufe ihres Lebens von okkulten Dingen, vernahm manches geradezu übernatürlich erscheinende. Nur – das war halt so Gerede. Noch niemals hatte sie praktische Erfahrungen damit gemacht.

Einmal, es muss kurz nach der Konfirmation gewesen sein, hatte Frauke ihr von einem Erlebnis erzählt, das wohl oder übel in die Kategorie des Übersinnlichen gehörte. Wie sie berichtete, saß sie damals mit ihrer Schäferhündin Senta im Wohnzimmer. Es muss diese Stunde der Dämmerung gewesen sein, in eben diesem Wohnzimmer der Ostermanns. Die Eltern waren abwesend oder anderweitig beschäftigt. Frauke wusste von einem Erbstreit, der zwei Generationen zuvor erbittert um den Hof geführt worden war und sich erst löste, als einer der Erbberechtigten bei einer heftigen Auseinandersetzung tot zusammenbrach.

An jenem Abend also, wie sie da so allein saß und Senta zu ihren Füßen schlief, ging plötzlich ein Luftzug durch den Raum, die angelehnte Tür öffnete sich ein wenig, wie sonst bei starkem Sturm, wenn der Nord-West über die Marschen fegte. Senta fuhr auf, stemmte die Vorderbeine gegen den Boden und bleckte knurrend die Zähne, als wolle sie einen Eindringling vertreiben. Plötzlich – als habe sie einen unsichtbaren Schlag erhalten, klemmte sie die Rute zwischen die Hinterbeine, rannte aus dem Zimmer und versteckte sich unter dem Küchensofa. Fast ein ganzes Jahr lang betrat der Hund nicht das Wohnzimmer. Da half kein Locken mit Bratenresten und auch kein Schieben. Mit geducktem Kopf schlich Senta an der Tür vorbei. Das alles erzählte Frauke und gerade jetzt fiel es Frau Brausewetter wieder ein.

Seltsam – sollte der Urahn seinem verlustig gegangenen Hof einen Besuch abgestattet haben? Sie mochte sich gar nicht vorstellen, wie es in der Welt zuginge, wenn die Toten wirklich von Zeit zu Zeit wieder auftauchten und sich ins tägliche Leben einmischten. Als ob es zwischen den Lebenden nicht schon genug Probleme gäbe. Eigentlich wünscht sich keiner, so sehr er auch trauerte, die Rückkehr der Toten. Die Unabänderlichkeit des Todes schmerzt uns, doch die bewältigte Trauer hilft uns, zu leben. Ohne Auseinandersetzung mit dem Schattenreich.

Obwohl ihr Herz schneller als normal schlug, siegte ihr resolutes Wesen über das aufkommende Unbehagen.

„Was muss ich tun?“

Frauke gebot ihr, zu schweigen. Sie holte ein Weinglas, stellte es auf den Tisch und forderte die Besucherin auf, genau wie sie, den Zeigefinger an den Fuß des Glases zu legen. Vereinbart war, den Urahn, der hier in der Stube sein Ende gefunden hatte, um Auskunft zu ersuchen. Es galt, Fragen zu stellen, die dieser mit ‚Ja’ oder ‚Nein’ beantworten konnte. Bei einem ‚Nein’ stand das Glas still, bei einem ‚Ja’ würde es sich bewegen. Eine spiritistische Sitzung, allein dafür inszeniert, die Brausewettersche Neugier zu befriedigen.

Frauke murmelte halblaut eine Frage, inhaltlich dahingehend, ob die Seele des Urahns anwesend und auskunftswillig sei. Einige Minuten lang geschah absolut nichts. Frau Brausewetter verspürte keinen Luftzug. Nur ihr Rheuma im Schultergelenk quittierte die Zwangshaltung mit dem ausgestreckten Zeigefinger durch einen leichten Schmerz. Es war still, nur die alte Standuhr in der Ecke zerhackte tickend die Zeit.

Plötzlich geriet das Glas in Bewegung. Es kippelte ein wenig und bewegte sich aus der Mitte des Tisches heraus. Unwillkürlich stöhnte Frau Brausewetter auf. Frauke schüttelte tadelnd den Kopf. Absolute Ruhe während der Sitzung, hatte sie ihr eingeschärft, als die Schulfreundin mit ihrem Anliegen herausrückte. Sie – Frauke, würde selbst den Ahn befragen. Die Beiden wechselten einen tiefen Blick, dann begann die Spökenkiekerin wieder zu murmeln.

„Ist dieser Egelmann ein Ganove?"

Das Glas ruckelte heftig.

„Hat er Geld unterschlagen?"

Wieder tat das Glas einen Hüpfer seitwärts. Die Brausewetter verlor die Beherrschung.

„Wo und Wie hat er es unterschlagen?"

Das Glas bewegte sich keinen Millimeter. Dafür traf sie ein strafender Blick Fraukes, bevor sie den Ahn nach der Himmelsrichtung befragte.

Das Glas rutschte ein wenig über den Tisch nach Süd-Ost.

Der Ostermannsche Ahn schien gut informiert zu sein, die Egelmanns kamen tatsächlich aus Ostdeutschland. Frau Brausewetter begann nervös mit den Beinen zu zappeln. Sie fühlte sich zunehmend unwohl. Ihre Eingeweide begannen zu glucksen, es rumorte heftig in ihrem Inneren. Jedoch aufstehen und mal schnell zur Toilette – das ging nicht. Der erzürnte Urahn würde ihr dann womöglich das Glas hinterher schmeißen.

Frauke ignorierte das Rumoren im Brausewetter-Bauch und konzentrierte sich auf die nächste Frage. Ob dieser Egelmann verhext sei, etwa ein Fluch auf ihm laste, wollte sie wissen.

Die beiden Frauen starrten auf das Glas. Große Erwartung. Nichts.

Frauke traf ein vorwurfsvoller Blick der Brausewetter. Als ob sie etwas für die Launen ihres Urahns könne! Wenn er nicht antworten wollte, dann wollte er eben nicht. Wer kennt sich schon mit den Befindlichkeiten der Geister aus? Es gab keinen Knigge für spiritistische Sitzungen, nach dem man sein Verhalten ausrichten konnte. Etwa nach dem Motto: Ellenbogen vom Tisch und nicht nach dem letzten Einkommen des Verblichenen fragen!

Vielleicht hatten die Frauen soeben ein Tabu gebrochen und die Frage nach Hexerei galt in diesen unsichtbaren Kreisen als ausgesprochen schlechtes Benehmen – wer weiß?

Frau Brausewetter rutschte vor Aufregung auf ihrem Stuhl hin und her. Sie flüsterte:

„Ist es ein afrikanischer Zauber?“

Noch bevor Frauke sie maßregeln konnte, begann das Glas zu vibrieren. Es vollführte eine Torkelbewegung und landete immer wieder auf dem Fuß. Die Zeigefinger waren längst erschrocken zurückgezogen, da schwankte das Glas immer noch. Seine Bewegungen wurden immer heftiger, es schlug schließlich auf der Tischplatte auf, rollte an den Rand und fiel schließlich auf den Teppich.

Die okkult erfahrene Frauke und die in diesen Sphären als unbedarft zu bezeichnende Frau Brausewetter saßen wie erstarrt. Keine mochte etwas sagen oder gar das Glas aufheben.

In dieser nervlich angespannten Situation wurde die Wohnzimmertür mit einem kräftigem Ruck aufgerissen.

Im fahlen Kerzenlicht stand Bauer Ostermann, der Bruder von Frauke.

Die geheimnisvollen Fähigkeiten seiner Schwester hielt er für reinen Humbug.

„Dor schiet ik op“, war sein Standardkommentar. Seit fast siebzig Jahren lebe er in diesem Hause und noch nie habe er eigentümliche Luftbewegungen oder einen Hund in Panik erlebt.

„Frauke, ik bruk dik in Stall! Help mi lever, als da de Glöös op de Bodden to smieten!“

17.

Von der Olsdorfer Straße sind es bis zum Deichgrafenweg nur ein paar Schritte. Magnusson musste nun, nach der Verrentung, seinen Laufstil den neuen Verhältnissen anpassen. Das früher übliche Tempo ergab keinen Sinn mehr, ihm stand ausreichend Zeit zur Verfügung.

Zum ersten Mal, seit er in St. Peter-Ording wohnte, bemerkte er die Bücherei in der Badallee. Merkwürdig, als sei er früher mit Scheuklappen durch den Ort gegangen. Was nicht aus dienstlichen Gründen seine Aufmerksamkeit erregte, wurde gar nicht wahrgenommen.

Er blieb davor stehen, zögerte einen Moment, dann gab er sich einen Ruck und betrat das Gebäude.

Etwa eine Stunde später stand er wieder auf der Badallee. Ihm schwirrte der Kopf. Der Leiter der Gemeindebibliothek hatte bei seiner Frage verständig genickt, einen Stapel Bücher vor ihm aufgebaut und schließlich noch eine Seite im Internet aufgerufen.

Mit Zombies verhielt es sich demzufolge so:

Früher gab es keine gesicherten Methoden, um den Hirntod eines Menschen unfehlbar festzustellen. Es geschah also ab und zu, dass sich eine vermeintliche Leiche von ihrem Totenbett wieder erhob und die Familie erschreckte. Man erkannte das nicht als Scheintod, sondern glaubte, da kehre Einer aus dem Schattenreich zurück und wolle den Lebenden etwas antun. Das Problem wurde gelöst, indem die Totenwache Anweisung erhielt, solche Untoten einfach zu erschlagen. Dann war Ruhe.

Magnusson fand noch andere Quellen. Ein Ethnobotaniker entdeckte in Haiti, dass dort ein Zombiepulver in Umlauf war. Hauptbestandteil dieses Pulvers war Kugelfischgift. Eben jenes, in den Innereien und der Haut des Fugu vorkommende Tetrodotoxin, dass den Genuss des Fisches zu einem lebensgefährlichen Risiko machte, wenn der Koch nicht sorgfältig genug arbeitete. Besonders die Leber enthielt erhebliche Mengen des rauscherzeugenden und später tödlich wirkenden Giftes.

Für die Kajombo-Brüder schied diese Methode aus. Sie hatten Marlene nichts in Speisen oder Getränke getan. Die zweite Erklärung, welche Jan beim Bücherwälzen fand, schien da schon interessanter. Dem Glauben nach kann ein Voodoo-Priester einen Menschen mit einem Fluch belegen, worauf dieser dann scheinbar stirbt. Tage später kann man diesen Toten dann wieder zum Leben erwecken.

Diese Menschen werden Zombie cadavres genannt. Kennzeichnend ist der Kadavergehorsam – sie gelten als absolut willenlos.

Der Vortrag des Doktor Eichenwald. Wenn er dessen wissenschaftliche Erkenntnisse und das hier Gelesene miteinander verknüpfte, vermochten also Voodoo-Priester den Willen eines Menschen völlig auszuschalten und ihn, wie eine Marionette, zu steuern.

Auch dabei soll ein Pulver Verwendung finden. Es wird mit Juckpulver vermischt und auf die Haut des Opfers geblasen. Kratzt sich der Betreffende, nehmen die winzigen Wunden das Gift auf. Sehr schnell treten dann Symptome einer schweren Krankheit auf und der Patient verstirbt. Scheinbar. Die Anzeichen des Todes sind glaubwürdig, weil die Ableitung eines Elektroenzephalogrammes, welches die Vitalität des Gehirns nachweisen würde, unter primitiven Lebensbedingungen nicht stattfindet. So wird der vermeintlich Tote beerdigt. Nach einer bestimmten Zeit taucht der Voodoo-Priester am Grab auf, buddelt das Opfer wieder aus und verabreicht ihm ein Gegenmittel. Es wird vermutet, dass es sich hierbei um Atropin, Tetrodotoxin, das Kugelfischgift, oder Hyoscyamin handelt und bei dem vom Tode erweckten einen veränderten Bewusstseinszustand auslöst. Diese, nun als Zombie bezeichneten Menschen sollen ihrem Herrn vollkommen hörig sein. Angeblich existiert ein regelrechter Sklavenhandel mit ihnen. Sie werden in abgelegene Gebiete verkauft, verrichten Schwerstarbeit in der Landwirtschaft und vegetieren unter menschenunwürdigen Umständen.

Ein Kulturanthropologe schreibt, dass es nicht zu resozialisierende Kriminelle waren, die auf diese Weise unschädlich gemacht und bestraft wurden. Diese merkwürdige Art der Bestrafung sei ein Bestandteil des früheren Justizsystems in West- und Zentralafrika gewesen.

An dieser Stelle seiner Lektüre musste Magnusson zynisch grinsen. So einfach ging das also auch. Der unverbesserliche Kriminelle leistet einen sinnvollen Beitrag für die Gesellschaft – beispielsweise im Straßenbau. Unser Justizsystem beschert manchem Gewaltverbrecher nahezu paradiesische Zustände. Die Opfer dagegen stehen häufig hilflos und verlassen da. Der Täter erfreut sich oft eines enormen Medieninteresses. Unter der Bevölkerung grollt der Zorn, wenn ein Kindermörder den Gerichtssaal mit einem milden Urteil verlässt. Ja, dachte Magnusson verbittert, wenn wir so einen unter Aufbietung aller Kräfte schließlich dingfest gemacht haben, gelingt es der Verteidigung häufig, das Strafmaß unter die gesetzlich mögliche Höchststrafe zu drücken.

Hatte er eben ‚wir' gedacht? Dumme Angewohnheit.

Anlässlich eines dienstlichen Besuches in einer neu erbauten Justizvollzugsanstalt wurde ihm einmal ein mehrfacher Mörder vorgestellt. Der Mann bewohnte eine gemütlich eingerichtete Zelle. Da er während der langen Haftstrafe die Malerei als Hobby entdeckte, wurde ihm ein weiterer Raum als Atelier eingerichtet. Magnusson stand damals sprachlos vor den kommoden Lebensbedingungen dieses Verbrechers.

Jene besonders gefährlichen Gefangenen, für die Sicherheitsverwahrung angeordnet wurde, bewohnten einen Extratrakt mit Therapieangeboten. Es gab einen Seelsorgeraum und eine Bücherei. In der Krankenstation befand sich ständig ein Mediziner vor Ort. Die Einzelzellen konzipierten die Architekten als helle, schmale Hafträume mit Antennenanschluss und separatem WC. Fernseher konnten von den Gefangenen gemietet werden.

So mancher redliche Greis wohnt am Ende seines arbeitsreichen Lebens in veralteten Seniorenheimen unter weitaus schlechteren Bedingungen.

Während er so seinen Gedanken nachhing und die Bücherei verließ, führten ihn seine Schritte zur Polizeiwache.

Sören sah ihn schon von weitem auf die Dienststelle zusteuern. Der Alte kann's nicht lassen, dachte er. Dabei könnte er es sich mit seiner zweiten Frau gemütlich machen. Mit der befand er sich ja wohl noch in den Flitterwochen. Hatte der Alte nicht was von Venedig erzählt? Na auch egal. Gleich würde sein Ex-Chef die Tür aufreißen und ihm wieder ein Loch in den Bauch fragen.

„Moin Sören! Wencke nicht da ?", der Alte schüttelte seinem Nachfolger die Hand und deutete auf den leeren Platz.

„Nö. Wencke ist zum Dienstunterricht. Die obligatorischen Schulungen."

Magnussons Blick schweifte über Anzeigenprotokolle und Aktenstapel. Der zwischen Aktenordnern liegende Pizzakarton löste ein Stirnrunzeln aus. Er verschränkte die Arme vor der Brust und lehnte sich an den Stahlschrank.

„Was macht der Nachwuchs?"

„Oh danke, sie schläft sogar manchmal schon nachts durch. Wir haben aber auch dringend mal ein bisschen Ruhe nötig. Sie wissen sicher noch, wie das ist."

Sören verkniff sich ein Grinsen. Der Alte bemühte sich nicht in die Dienststelle, um Neuigkeiten über das Baby auszutauschen. Gleich würde der mit seinem wirklichen Anliegen herausrücken.

„Was wisst ihr über den Fall Grünlich? Ist der Halter des Fahrzeuges ermittelt? Leipziger Kennzeichen, stimmt's?" Die Fragen kamen wie aus der Pistole geschossen. Der Alte unternahm nicht mal den Versuch, seine Neugier mit irgendwelchem neutralen Geplauder zu kaschieren.

Was blieb Sören übrig? Ein harsches: ‚Dazu dürfen wir Ihnen keine Auskunft mehr geben'?

Unmöglich. Erstens verbot ihm das sein Respekt vor dem Alten, zweitens würde das bei Magnusson auch nicht wirken. Notfalls quetschte der dann eben Wencke bei der nächsten sich bietenden Gelegenheit aus. Blöde Situation. Normalerweise suchen ehemalige Vorgesetzte ihre letzte Wirkungsstätte nicht mehr auf. In Großstädten lief man sich dann nur zufällig mal über den Weg. In diesem überschaubaren Seebad begegneten sich die Einwohner ständig. Sören konnte nur hoffen, dass der Alte sich bald mit dem Rentnerdasein anfreunden würde und sich neue Interessen suchte. Hier gibt es doch jede Menge Möglichkeiten: Shantychor, Bosselverein, Ortschronik … Oder er kauft sich ein Boot einschließlich Liegeplatz im Tümlauer Koog. Am Geld wird's wohl nicht mangeln, schließlich hat der Alte jahrelang kaum etwas ausgegeben. Stattdessen bohrte er hier bei seinem Nachfolger nach Fakten. Sören wurde erschreckend bewusst, dass er soeben die Lippen genau so fest aufeinander presste, wie er das bei Magnusson oft beobachten konnte. Muss eine Berufskrankheit sein.

Mit gequältem Gesichtsausdruck sagte er: „Ja, wir haben das Kennzeichen. Herr Grünlich hat zum Glück keinen

Gedächtnisverlust erlitten. Der Mann heißt Wolf, besitzt in Leipzig einen kleinen Baubetrieb. Das heißt, richtiger gesagt, besaß er den. Der Mann ist pleite. Zum Tatgeschehen macht er keine Angaben. Aussageverweigerungsrecht. Nach den Indizien kann aber nur er es gewesen sein, der Grünlich niederschlug. Dabei versichern beide, sich nie begegnet zu sein."

Täuschte sich Sören, oder war da wirklich so etwas wie ein Glitzern in Magnussons aufmerksamen Augen?

Der Alter räusperte sich. „Grünlich stand also zufällig im Weg. Vielleicht hat auch die falsche Polizeiuniform eine Panikhandlung bei diesem Wolf ausgelöst. Aber warum? Was hatte der um diese Zeit dort zu schaffen? Grünlich ist auf dem Nachhauseweg auf ihn getroffen, also relativ spät."

„Keinerlei Anhaltspunkte. Ein menschenleerer Feldweg. Grünlich fährt normalerweise jeden noch so kurzen Weg mit dem Auto. Weil ihm sein Arzt dringend Bewegung verordnet hat, dachte er, es wäre unauffälliger, abends damit anzufangen. Sie wissen schon – der Spott der Leute. An dem Feldweg gibt es nur einen Anlieger. Eben jener Zweitwohnungsbesitzer, der tot im Watt gefunden wurde. Schon möglich, dass dieser Wolf damit etwas zu tun hatte, nur ist das eben nicht mehr unser Bier. Die Kollegen gehen jeder Spur nach."

Magnusson schwieg eine Weile.

„Irgendwelche Rückmeldungen, den Mord betreffend?"

Na bitte, auch das noch. Ich hab' es ja geahnt. Sören fügte sich in sein Schicksal.

„Normalerweise erfahren wir davon nichts mehr. Muss ich Ihnen ja nicht erklären. Die Kollegen lassen uns lieber dumm sterben, als hier Bericht zu erstatten."

„Mmh. Weiter."

„Na ja, Wenckes Freundin ist neuerdings bei Schubert, dem zuständigen Ermittler Sekretärin und sie kennen ja Wenckes Hartnäckigkeit, wenn die etwas herausbekommen will."

Die kenne ich zur Genüge, mein Junge, dachte Magnusson. So phlegmatisch sich Wencke auch gibt, wenn sie wirklich interessiert ist, kann sie zur Nervensäge werden. Aber nun mal zur Sache: Komm schon – rück' die Fakten raus.

Sören schien über telepathische Fähigkeiten zu verfügen. Ohne weitere Aufforderung begann er zu erzählen.

„Sicher ist nach der Obduktion, dass dieser Thaut niedergeschlagen wurde, dabei nur bewusstlos war und dann ins Watt geschleift wurde, wo er in der Flut ertrunken ist. Gefesselt war er mit zwei Führleinen aus Kunststoff, wie man sie als Longe für Pferde verwendet. Die stammten aus seinem eigenen Stall, wie die Ehefrau bestätigte. Die Gattin ist übrigens außen vor. Sie war zum Tatzeitpunkt auf der Kieler Förde segeln. Der Hafenmeister hat sie gesehen. Wasserdichtes Alibi, sozusagen."

Magnussons Lippen bildeten wieder diese strenge Linie. Was hieß das schon. Die Entfernung kann man mit entsprechender Geschwindigkeit in einer Stunde zurücklegen. Sein junger Kollege achtete nicht auf seine Mimik. Sören war von dem Fall schwer beeindruckt. Ein Mord in seinem Revier, sofort nach der Beförderung!

„Es gilt als sicher, dass der Mörder die Pferde des Ermordeten nachts auf die am nächsten gelegene Weide stellte. Dadurch hat er Zeit gewonnen. Pferde können sehr lautstark reagieren, wenn ihr üblicher Tagesablauf durcheinander gerät."

Magnusson nickte. „Genau. Friedrich und Alexa haben die Tiere erst am nächsten Morgen entdeckt. Hätte aber auch schief gehen können, wenn die Tiere nicht friedlich miteinander gegrast hätten, sondern die angestammten Pferde die Eindringlinge zu vertreiben versucht hätten. – Dieser Thaut, was war das für einer?"

Sören überlegte einen Moment.

„Tja, viel ist über den nicht bekannt. Zweitwohnsitz. Die kommen und gehen. Reisen mit Pferdeanhänger. Mal sind sie ein paar Wochen hier, dann liegt das Anwesen wieder monatelang verlassen. Thaut war Bauingenieur. Muss beruflich viel unterwegs gewesen sein. In gehobener Position, ansonsten sind Nebenwohnsitze dieser Größe bei uns nicht bezahlbar. Sie kennen ja die Immobilienpreise auf Eiderstedt, Herr Magnusson."

„Eben deshalb können Sie froh sein, dass Sie es bereits zum eigenen Haus gebracht haben, Sören."

Der Alte erhob sich, stellte noch ein paar belanglose Fragen zu dienstlichen Dingen, klopfte Sören, der bei der Erwähnung seines gerade neu gebauten Hauses in eine betrübliche Gedankenspirale über Tilgungsraten und Gewährleistungsfristen geriet, aufmunternd auf die Schulter, ging und zwang sich dann, betont langsam den Rückweg entlang zu schlendern. Wie ein typischer Rentner eben.

18.

Jasmin wühlte in ihrer Strandtasche. Kein Badeanzug zu finden. So ein Mist, dachte sie verärgert, jetzt durfte sie den ganzen Weg durch die Dünen zurück laufen. Sie schüttete den Inhalt der Tasche auf die Bank des Strandkorbes. An alles hatte sie gedacht. Von der Sonnencreme kullerten ihr sogar zwei Tuben entgegen, das Badelaken war da und auch an ihre Lektüre hatte sie gedacht. Nur der verflixte Badeanzug hing noch im Bad. Für einen Moment erwog sie, Lorenz anzurufen, verwarf diesen Gedanken aber sofort wieder. Für Gefälligkeiten dieser Art besaß ihr Zukünftiger keinen Sinn. Es wäre ihm mehr als lästig, ihr auf halbem Weg mit dem Teil entgegen zu kommen. Seufzend marschierte sie wieder zurück.

Die Hotelhalle lag verwaist. Keine Gäste weit und breit. Logisch, bei diesem Wetter lagen die alle am Strand. An der Rezeption saß eine einsame Angestellte und zählte Prospekte. Jasmin huschte schnell in den Fahrstuhl und fuhr hinauf. Beim Öffnen der Tür hörte sie Lorenz im Wohnraum telefonieren. Leise schlich sie ins Bad und stopfte den Badeanzug in ihre Strandtasche. Plötzlich hörte sie eine tiefe Männerstimme antworten. Also kein Telefongespräch, sondern Besuch. Sie wollte nicht stören und nahm ihre Pantoletten in die Hand. Barfuss stand sie im Flur, als Lorenz laut und deutlich sagte:

„Du hast Deinen Anteil bekommen. Wie immer. Es gibt keinen Grund, Dir mehr als üblich zu zahlen. Im Übrigen steige ich aus. Die Sache ist für mich erledigt."

Die tiefe Stimme wurde drohend:

„Für mich ist nichts erledigt. Einer meiner Arbeiter hat Anklage erhoben. Er meint, ich als Subunternehmer habe die Belegschaft überredet, in einer Scheinfirma anzufangen, obwohl ich wusste, dass sie dort keinen Lohn bekommen. Es geht um eine sechsstellige Summe Konkursausfallgeld, die das Arbeitsamt gezahlt hat. Damit sitzt mir der Staatsanwalt im Nacken. Ich muss weg und Du wirst mich dabei unterstützen."

„Ich werde gar nichts tun. Du bist nur ein kleines Rädchen." Lorenz klang kalt und arrogant.

Der andere wurde heftiger. „Ein kleines Rädchen? Ja, aber ohne mich hätte das ganze Getriebe nicht funktioniert. Wenn Du nicht zahlst, zeige ich mich selbst an, dann stürzt Du mit in den Abgrund."

„Was soll das?" Ärgerlich ging Fraasen im Zimmer hin und her.

„Was das soll? Es erspart mir unter Umständen eine Haftstrafe. Mein Geständnis wird dem Richter sehr wertvoll sein. Die wissen, dass sie sonst kaum eine Chance haben, Korruption bei öffentlichen Bauvorhaben nachzuweisen …"

Jasmin stand wie erstarrt. Der Mann da drin tat so, als sei Lorenz ein Kumpan seiner kriminellen Machenschaften. Korruption … Sie besann sich, verließ eben so leise, wie sie gekommen war, das Apartment und ging rasch zum Fahrstuhl. Mechanisch drückte sie den Knopf. Während der Fahrt legte sie den Kopf gegen den Spiegel der Fahrstuhlwand und starrte auf den Notausstieg an der Decke. Wenn der mit der tiefen Stimme da oben die Wahrheit sagte, dann war Lorenz in kriminelle Sachen verwickelt. Daher also das Geld für den luxuriösen Lebensstil. Jasmin bekam Kopfschmerzen. Sie wollte Lorenz Fraasen heiraten, hatte ihren Job wegen ihm gekündigt. Und nun musste sie sich fragen, wer dieser Mann, in den sie sich Hals über Kopf verliebt hatte, wirklich war.

Oder täuschte sie sich und der Mann da oben wollte Lorenz nur erpressen? In der Baubranche ging man nicht gerade zimperlich miteinander um. So viel wusste sie, auch wenn Lorenz sie für naiv hielt. Es gab Beispiele, wo ehrenwerte, erfolgreiche Unternehmer in den Sog der organisierten Kriminalität rutschten. Mit geschickten Schachzügen wird ein Abhängigkeitsverhältnis aufgebaut, welches dann die Grundlage für verschleierte Betrügereien ist. Später ist ein Entrinnen unmöglich. Es sei denn, man bricht alle Brücken hinter sich ab und geht ins Ausland. So, wie Lorenz das plant. Jetzt begriff sie auch, warum er diese Übersiedlung so zügig vorantrieb. Wenn Lorenz da hinein geraten war, brauchte er ihre Hilfe. Nur – wie? Der da oben drohte mit Selbstanzeige, damit geriet Lorenz automatisch in den Fokus der Untersuchungsbehörden. Selbst wenn er nur widerwillig in die Betrügereien hinein geraten sein sollte, würde er verurteilt werden. Nicht auszudenken, sollte er eine Haftstrafe antreten müssen. Andererseits – gab es nicht so etwas wie eine Kronzeugenregelung? Für den Fall, dass er die Justiz bei ihren Ermittlungen unterstützte, stand ein milderes Urteil in Aussicht. Vielleicht sogar Bewährung.

Wenn einer Rat wusste, dann ihr Vater. Das Dumme daran war, dass gerade er Lorenz von Anfang an misstrauisch beäugt hatte. Jasmin fürchtete, dass er ihren Zukünftigen ohne Zögern sofort anzeigen würde. Nicht, um über den ihm unsympathischen Schwiegersohn zu triumphieren, sondern um sein kleines Mädchen vor jeglichem Unheil zu bewahren. Dass sie diesen Lorenz Fraasen liebte, wäre für ihn kein Argument.

Vielleicht sollte sie erst einmal mit Marlene reden. Unter Frauen sozusagen. Paps würde sofort handeln, Marlene wog vorher alles sorgfältig ab. Bei Marlene konnte sie frei reden, wenn die ihr versprach, vorerst zu schweigen, dann hielt sie ihr Wort.

19.

„Soll ich etwas einkaufen?" Jan hielt den Einkaufskorb bereits in der Hand. Er rief vom Treppenabsatz in die obere Etage, dorthin, wo seine Frau am Computer saß.

„Um Gottes Willen, Jan – nein! Bitte nichts einkaufen!"

Marlene eilte mit klappernden Pantoletten herunter und entwand ihm den Korb wieder. Seine letzten Exzesse in Sachen Einkauf hafteten noch unter der Rubrik „nie wieder" in ihrem Kopf. Was Jan, verführt von der ausgeklügelten Verkaufspsychologie der Supermärkte, anschleppte, ließ sich in einem Zwei-Personen-Haushalt kaum aufbrauchen.

Sie klinkte den Karabinerhaken der Hundeleine in Moppels Halsband und drückte die Leine Magnusson in die Hand.

„Einkaufen gehe ich lieber selbst. Mit einem Zettel, auf dem steht, was wir wirklich brauchen. Sei nicht böse, Jan, Du kannst doch auch so mit Moppel los."

Als er schon zwischen Tür und Angel war, rief sie noch hinterher:

„Wenn ihr zurück seid, bin ich auch fertig. Wollen wir dann die Reiseprospekte durchsehen?"

Jan schwieg beleidigt. Wer seine Einkaufskompetenz in Frage stellte, solle sich allein durch telefonbuchschwere Reisekataloge quälen.

Er spazierte zum Deich. Diesmal wandte er sich allerdings nicht, wie gewöhnlich, nach links sondern ging rechts, Richtung Ording. Der Sommer ging zu Ende. Die immer früher hereinbrechende Dunkelheit kündigte den Herbst an. Auch die Touristenströme nahmen deutlich ab. Auf der großen Sandbank tummelten sich nicht mehr so viele Menschen wie noch vor einer Woche. Ihm war es recht so. Je weiter Magnusson Richtung Ording ging, desto einsamer war er. Musste er noch auf der Seebrücke mit den Leuten im Gänsemarsch Richtung Wasser schreiten, so ließ sich hier, auf dem Rochelsand, keiner mehr blicken. Moppel raste schnappend in die anlaufenden Wellen. Jan ordnete seine Gedanken. Er liebte es, beim Gehen dieses und jenes zu erwägen, eine Weile darauf herumzukauen und es dann wieder zu verwerfen. Er stellte logische Verknüpfungen her und probierte die Passfähigkeit von Details. Auf diese Weise brachte er Struktur in komplizierte Sachverhalte. Eine Gedankenarbeit, die er für sich, im Stillen ‚Durchkorrigieren' nannte.

Wie Sören berichtete, stand dieser Wolf in Verdacht, keineswegs zufällig am Grundstück dieses Thaut herumgelungert zu haben. Dumm für Erwin Grünlich, dass er zu dieser Zeit dort herumstolperte. Die – wenn auch falsche-, Polizeiuniform brachte diesen Wolf jedenfalls dazu, panisch zu reagieren. Warum? Hatte er Thaut niedergeschlagen? Wenn ja, warum erwähnte Sören dann nicht irgendwelche Spuren, die im Fahrzeug auf jeden Fall nachweisbar wären? Wo befand sich Thaut zu diesem Zeitpunkt?

Dieser Wolf konnte den Bewusstlosen wohl schlecht auf der Schulter zur See schleppen. Oder wurde Thaut erst am Strand niedergeschlagen?

Wenn Wolf der Mörder war, *warum* hatte er es auf Thaut abgesehen? Der Mann war vermögend, als Motiv für einen Raubmord völlig ausreichend. Von Diebesgut war jedoch keine Rede. Eigentümlich, dass Thaut in der gleichen Branche tätig war, wie dieser Wolf.

Kannten die sich? War dieser Wolf aus Leipzig hier hoch gefahren, weil er mit Thaut etwas klären wollte und die Situation ist erst im Laufe des Gesprächs eskaliert? Wäre gut zu wissen, ob dieser Wolf sich mit Pferden auskennt.

Auf dem menschenleeren Rochelsand waren doch wieder Leute zu sehen. Einige Burschen türmten Holzscheite auf. Eindeutig verboten. Im Nationalpark Wattenmeer darf nicht jeder herumzündeln, wie es ihm gerade einfällt. Einer der jungen Männer griff nach dem zu diesem Zweck bereit stehenden Benzinkanister und überschüttete das Holz mit der Flüssigkeit. Durch den Brandbeschleuniger schoss eine Stichflamme in den Dämmerungshimmel. Es stank nach verbranntem Gummi. Wahrscheinlich Abfälle die da mit aufloderten. Magnussons Stirn lag in tiefen Falten. Er musste einschreiten.

Die Gruppe bestand aus fünf jungen Männern. Alle so um die Zwanzig. Magnusson griff zum Handy und verständigte Wencke. Die wusste bereits Bescheid. Aus dem Kurheim Köhlbrand habe gerade jemand angerufen, die Stichflamme und der Qualm seien weithin zu sehen. Sören bereits unterwegs. Könne allerdings noch ein paar Minuten dauern, er habe gerade einen Blechschaden bei Esing aufgenommen.

Magnusson ging näher an die Gruppe heran. Die mit ihrer Zündelei beschäftigten jungen Männer bemerkten erst jetzt den Beobachter. Grimmig blickte Magnusson auf die Burschen. Rings um das Feuer lagen zahlreiche Bierflaschen im Sand, aus einer Musikanlage dröhnten die Bässe einer, den Herzrhythmus ungut beschleunigenden, hämmernden Musik.

„Sie befinden sich hier im Nationalpark. Diese Verunreinigungen werden Konsequenzen nach sich ziehen. Löschen Sie sofort das Feuer." Jan entfiel, dass er keine Uniform mehr trug. Der amtliche Tonfall vertrug sich nicht mit seinem zivilen Erscheinungsbild.

Die Burschen reagierten entsprechend. Sie umkreisten ihn und machten Witze über den wild gewordenen Rentner. Einer aus der Gruppe musterte ihn aufmerksam. Er trat nahe an ihn heran und schaute Magnusson feindselig in die Augen.

„Der Opa. So jeht et. Man sieht sich immer zweemal, sag ick. Wo hast Du denn heute Deinen Bimbo jelassen?" Er versetzte Jan mit beiden Armen einen Stoß, so dass dieser rückwärts taumelte und einem anderen jungen Mann gegen die Brust fiel.

Moppel raste bellend auf den Schubser zu und verbiss sich in dessen Hosenbein. Der versuchte, den Beagle abzuschütteln und griff, als das nicht half, nach einer der herumliegenden Bierflaschen.

„Moppel! Aus!" Magnusson bangte um seinen Hund. „Lauf nach Hause! Los!"

Erleichterte registrierte er, dass Moppel das Hosenbein los ließ und tatsächlich, in einer für seine kurzen Beine erstaunlichen Geschwindigkeit, Richtung Seebrücke raste.

Wieder sicher stehend, entsann sich Magnusson seiner Ausbildung, wandte die nötigen Griffe an und hielt den Angreifer mit dessen auf dem Rücken gebogenem Arm in Schach. Mit schmerzverzerrtem Gesicht funkelte der ihn wütend an.

Hass, dachte Jan, so viel Hass. Was haben wir nur falsch gemacht, dass die Jugend heute häufig so hasserfüllt ist. Gewalt ist die einzige Sprache, die diese Kerle verstehen.

Jan wurde unvermittelt von hinten gepackt und zu Boden gerissen. Sein Gegner kam dabei frei und rieb sich die schmerzenden Arme. Dann näherte er sich Magnusson erneut und trat dem am Boden Liegenden mit seinen Stiefeln mit voller Wucht in die Seite.

‚Meine Niere', dachte Magnusson, sich krümmend, ‚hoffentlich nicht meine Niere …'

Seine Finger krallten sich in den Sand. Dort erspürten sie einen Gegenstand, zierlich und doch metallisch fest. Er schloss seine Faust darum. Ein zweiter Tritt, von einem anderen aus der Gruppe ausgeführt, traf ihn ins Gesicht. Er fühlte noch, wie das Blut über seine Wange lief, dann wurde ihm schwarz vor Augen.

Etwa zu der Zeit, in der Sören sich über den Yachthafen der Standsegler dem Rochelsand näherte, traf Moppel mit hängender Zunge am Preestergang ein. Er musste erst ein paar Mal kräftig bellen, dann öffnete Marlene. Der Hund nahm ihre Hand in seinen Fang und versuchte, sie aus der Tür zu zerren.

„Moppel! Wieso bist Du allein?" Sie griff nach der an der Garderobe hängenden Taschenlampe. Im Lichtkegel wirkte der Hund wie tollwütig. Seine Augen traten weit aus den Höhlen, der kleine Brustkorb arbeitete wie ein Blasebalg und von den Lefzen hingen Schaum und Speichelfäden. Jan musste etwas passiert sein, wenn sein Hund allein und in diesem Zustand hier auftauchte. Sie hängte ihn an die Ersatzleine und lief, mit der Taschenlampe in der Hand und Hauspantoletten an den Füßen, dem heftig Richtung Strand zerrendem Hund hinterher.

Die Flammen loderten immer noch in den Nachthimmel. Es stank widerlich nach verbranntem Gummi. Von den Kerlen, die der Alte erwähnt hatte, keine Spur. Im schwachen Lichtschein des flackernden Feuers sah Sören ihn liegen. Magnusson war nicht ansprechbar.

Noch bevor der Rettungsdienst erschien, hetzte Marlene, mit fliegenden Lungen dem Hund folgend, über den Sand. Ihre Pantoletten hatte sie längst unterwegs verloren. Weinend strich sie über Jans blutverschmiertes Gesicht und immer noch weinend stieg sie später zu ihm in den Rettungswagen. Sie hielt seine Hand, bis der diensthabende Arzt der Notaufnahme sie sanft zu einem Stuhl führte.

Marlene starrte wie versteinert auf ihre Hände, auf denen Jans Blut eingetrocknet war. Weshalb nur hatte er sich allein diesen Schlägern genähert? Sören war doch bereits unterwegs. Die hätten es nicht gewagt, einen bewaffneten Polizisten anzugreifen.

Mit Jan war ihr Leben in eine glückliche Phase getreten. Im fortgeschrittenen Alter einen Menschen zu finden, mit dem man sich völlig im Einklang befand, war ihr wie ein unverhofftes, kostbares Geschenk erschienen, welches man nur mit Reife und Lebenserfahrung zu würdigen wusste. Erst wenn man unglückliche Zeiten erlebt hat, weiß man dieses Glück zu schätzen. Sie wollten die ihnen verbleibenden Jahre genießen …

Und nun lag er mit unklaren Verletzungen hier in der Notaufnahme. Jan besaß nur noch eine Niere.

Wenn sie doch nur diese Lektoratsaufgabe nicht übernommen hätte …, wenn sie mit Jan gemeinsam unterwegs gewesen wäre … Selbstvorwürfe, die sinnlos waren und doch immer wieder als ewig gleiche Gedankenschleife in ihrem Kopf rumorten.

Eine Krankenschwester beugte sich zu Marlene, deutete auf deren blutverkrustete Hände und das Waschbecken. Während sie sich die Hände wusch, fasste sie sich. Im Spiegel starrte sie eine fremde Frau an. Marlene schien auf einmal um Jahre gealtert. Sie knüllte die Papierhandtücher zusammen und drehte sich zur Schwester um:

„Ich muss den Arzt sprechen. Es ist wichtig."

Sören brachte sie danach nach Hause. Was sie für Jan tun konnte, hatte sie getan.

20.

Magnusson tastete vorsichtig über sein Gesicht. Die gesamte rechte Hälfte war unförmig angeschwollen. Unter dem Mullverband am Wangenknochen befand sich eine fünf Zentimeter lange Naht. Glück gehabt, er habe unglaubliches Glück gehabt, meinte der Arzt heute Morgen bei der Visite. In der Notaufnahme habe man schon befürchtet, das Auge sei nicht mehr zu retten. Wenn der Schläger den Tritt nur ein wenig höher platziert hätte …

Er mochte gar nicht darüber nachdenken. Als er aufwachte, war seine erste Frage, ob die Niere verletzt sei. Die

Entstellung seines Gesichtes durch die Hämatome wurde ihm zunächst gar nicht bewusst.

Der Arzt blätterte in seinen Unterlagen, verglich Laborbefunde und CT-Aufnahmen, nickte befriedigt.

Die Niere habe mit einer Nephro-Hydrose, also einer Harnaufstauung, auf die Tritte reagiert. Diese habe sich im Laufe der Nacht aber von selbst wieder einreguliert. Die feinen Nierenkanälchen seien wieder frei. Das umliegende Gewebe von der stumpfen Gewalt noch traumatisiert. Einblutungen, Prellungen … etc. Noch eine zeitlang sei mit Schmerzen zu rechnen. Man habe zuerst eine Niereninsuffizienz befürchtet. Eine allogene Organtransplantation sei bereits angedacht gewesen.

„Wieso", Magnusson zwinkerte irritiert mit dem freiliegendem Auge, „Sie warten doch nicht gerade auf mich, jeder, der eine Niere benötigt, muss sich hinten anstellen, oder? Was heißt überhaupt allogen, wollen Sie mir etwa eine Schweine-Niere einpflanzen?"

Der Arzt hob beschwichtigend die Hände.

„Keinesfalls, Herr Magnusson. Allogen bedeutet, wir haben einen Spender der gleichen Species, wenn auch genetisch verschieden."

Magnusson konnte nicht glauben, was er da hörte. „Wer ist es?"

„Ja, wissen Sie das denn nicht?" Der Weißbekittelte musterte in zweifelnd. „Ihre Frau. Wir begrüßen das, weil die Langzeitergebnisse dieser Lebendspenden günstiger sind, als die Spenden Verstorbener. Trotzdem haben wir ihr die vorgeschriebene Bedenkzeit eingeräumt. Schließlich kann es auch bei hoher Übereinstimmung zu einer Abstoßungsreaktion kommen. Vor dem eigentlichen Eingriff – sollte er denn überhaupt jetzt noch nötig werden – sind einige Untersuchungen zu absolvieren, da überstürzen wir nichts.“

Der Arzt klappte die Krankenakten zusammen und da von Magnusson nicht die erwartete freudige Reaktion erfolgte, fügte er noch hinzu:

„Sie haben die richtige Frau geheiratet, Herr Magnusson, wenn ich das mal so salopp sagen darf. Die richtige Frau im immunologischen Sinne und ich finde, auch die richtige Frau hinsichtlich des faustgroßen Muskels der da in ihrem Brustkorb pumpt.“

Der Arzt war gegangen. Die Schmerzmittel bewirkten ein wattiges Gefühl, eine Art Schwebezustand. Draußen vor dem Fenster trieb der Wind die Wolken weiter unablässig vor sich her, der Blick in den Himmel gab kein anderes Bild als eine halbe Stunde zuvor. Und doch erschien es Jan, als habe sich die Welt vollkommen verändert. Aus dem freiliegendem Auge tropften Tränen auf sein Kopfkissen.

Magnusson träumte. Er sah sich selbst auf dem Sand liegen und spürte erneut die Tritte des Angreifers. Mit zusammengebissenen Zähnen stöhnte er auf. Noch vom Schlaf benommen, warf er die Bettdecke beiseite und rollte sich auf die schmerzfreie Seite. Nun nur noch die Beine auf den Boden bringen und zum Stehen kommen. Geschafft. Gekrümmt tastete er sich am Bett entlang bis zum Waschbecken. Der darüber hängende Spiegel warf ein deprimierendes Bild zurück. Von den Gesichtsverletzungen nichts zu sehen, die Hälfte des Kopfes mit Mullbinden umwickelt, nur an den Rändern Spuren eines bräunlichen Wunddesinfektionsmittels. Einäugig musterte er die grauhaarige, hagere Gestalt im Kliniknachthemd. Ein alter Mann, dachte er verbittert, das da ist ein alter Mann. Eine Krankenschwester steckte den Kopf zur Tür herein, sah ihn wanken und geleitete ihn wieder zum Bett. Er solle Geduld haben. Leicht gesagt. Ihn beschlich unvermittelt die Angst, dieses Krankenhaus nie mehr verlassen zu können, ein Gefangener des Leidens und Sichens zu werden. Der Anfang vom Ende. So schnell wie möglich, beschloss er, so schnell wie nur irgend möglich wollte er hier raus. Seine Niere hatte die Tritte überstanden, sie funktionierte. Dass es dabei blieb, dafür wolle er schon Sorge tragen. Herumliegen konnte er auch zu Hause.

„Sie bekommen Besuch, Herr Magnusson", sagte die Schwester und verließ ihn mit einem aufmunternden Lächeln.

Nach einem energischem Klopfen schob sich, ohne auf ein aufforderndes ‚Herein' zu warten, ein fülliger weiblicher Körper zu ihm ins Krankenzimmer. Frau Brausewetter umhüllte ihre ausladenden Formen heute mit einer fuchsiaroten Bluse und über diesem Rot leuchtete ihr militärisch kurzer Haarschnitt in gepflegtem Weiß.

„Och nö, Herr Magnusson, Sie machen aber auch Sachen! Sich in Ihrem Alter mit den jungendlichen Rowdys herumzuprügeln … Dafür sind doch jetzt Ihre jungen Kollegen verantwortlich, die können das ab!"

Sie hielt einen Strauß bunter Sommerblumen vor ihrem Bauch und ließ den Blick auf der Suche nach einer Vase durch das Krankenzimmer schweifen. Fündig geworden, stopfte sie den widerspenstigen Strauß hinein, füllte Wasser ein und stellte ihn in Jans Blickrichtung auf das Fensterbrett.

Ergeben lag er in seinem Bett, wohl wissend, dass er nun der Brausewetterschen Neugier hilflos ausgeliefert war.

Sie zog sich einen Stuhl heran und plumpste mit ihren gut zwei Zentnern Lebendgewicht darauf. Dann brachte sie ihr Gesicht nahe an das seine, senkte ihre Stimme und fragte in verschwörerischem Tonfall:

„Herr Magnusson, glauben Sie an das zweite Gesicht?"

Er kannte sie gut genug, um zu wissen, dass bei ihr mit allem zu rechnen war, aber auf diese Indiskretion war er nicht vorbereitet. Eine Schönheitsoperation? Zwar war er momentan ziemlich deformiert, das stimmte. Aber erstens war er ein Mann im fortgeschrittenem Alter, also jemand, bei dem eine kleine Narbe nicht völlig entstellend wirkte und zweitens hielt er von dem grassierenden Jugendwahn einen Dreck.

„Kommt gar nicht in Frage. Keine kosmetische Operation!"

Damit versetzte er nun seinerseits die Brausewetter in Verwirrung.

„Was? Wieso denn? Es geht doch hier um etwas ganz anderes …" Sie begann wieder zu flüstern: „Ich habe Ihnen doch schon von den Egelmanns erzählt, meinen neuen Arbeitgebern. Da geht es zu, kann ich Ihnen sagen … Neulich haben die sich angeschrieen. Richtig wütend war die Frau, Herr Magnusson. Sie behauptete er, also der Egelmann, habe Geld unterschlagen und es vor ihr versteckt. *Schwarzgeld* sei das, gewonnen aus unsauberen Geschäften im Amt! Was sagen Sie dazu?"

Durch den Nebel der Schmerzmittel hindurch versuchte Magnusson der Brausewetter zu folgen.

„Schwarzgeld? Was war dieser Egelmann denn von Beruf?“

„Irgendwo im Osten in einem Amt hat der gearbeitet. Bei so einer Behörde, die Autobahnen bauen lassen.“

Jan verlagerte sein Körpergewicht etwas und musste ein schmerzerfülltes Stöhnen unterdrücken. Was sich seine ehemalige Haushälterin nicht alles so zusammenreimte.

„Wieso sind Sie so sicher, dass er wirklich etwas auf dem Kerbholz hat? Die Ehefrau kann ihn verärgert mit sonst was beschuldigen.“

Die Brausewetterschen Augenbrauen hoben sich rechthaberisch.

„Wir haben den Urahn befragt.“

„Welchen Urahn?“ Die Angelegenheit wurde immer merkwürdiger.

Unter dem Siegel der Verschwiegenheit erzählte sie von der spiritistischen Sitzung bei Frauke.

Für sie stand nun fest, dass dieser Egelmann bei einer Autobahnbehörde in Ostdeutschland gewaltige Summen kassiert haben musste und dafür wohl eine Gegenleistung erbracht habe. Korruption nannte man das ja wohl. Welcher Art diese Gegenleistungen genau waren, konnten sie bei Fraukes Ahn leider nicht mehr in Erfahrung bringen, weil der bei der Frage nach afrikanischem Zauber so in Rage geraten sei, dass er einfach das Glas zu Boden geworfen habe.

„Voodoo?“ Magnusson wurde hellhörig.

„Ja, so heißt das wohl. Ich habe Ihnen doch schon erzählt, dass dieser Egelmann in Panik gerät, sobald er an dunkelhäutige Menschen denkt. Wissen Sie das nicht mehr? Bei Dunkelhäutigen kann er sich nicht mehr bewegen, denkt der olle Döskopp! Wir wollten mal so nebenbei nachfragen, beim Ahn, meine ich, wie das so geiht mit diesem Wuddouh."

Frau Brausewetter musste ihren Bericht unterbrechen und der Krankenschwester Platz an Magnussons Krankenbett einräumen, die eine neue Dosis Schmerz- und Schlafmittel in seine Venen drückte. Schon schläfrig, drückte er seiner Besucherin zum Abschied die Hand.

Die Krankenschwester, welche da an ihm herumfummelte, dann seine Decke aufschüttelte und ihn permanent anlächelte, war ausgesprochen hübsch. Tiefschwarzes, glänzendes Haar, das in lustigen Kringellocken in ihre Stirn fiel. Noch vor ein paar Tagen hätte Magnusson – Beruhigungsmittel hin oder her – zurückgelächelt und mit ihr geflirtet. Merkwürdigerweise interessierte ihn das kecke, junge Ding nicht. Als sei ein Schalter in ihm umgekippt worden, rumorte in seinem Inneren nur ein einziger Gedanke: Er wollte zu Marlene, nach Hause. Die Zeit, die ihnen gemeinsam noch blieb, auskosten. Wie schnell es zu Ende sein könnte, hatte das Leben im gerade eindrucksvoll demonstriert. Und am Ende aller Tage dachte kein Mann an ein paar oberflächliche Flirts zurück, sondern nur an die Eine, welche ihn wirklich liebte.

Während ihm die Augen zufielen, waberte das eben Gehörte durch sein betäubtes Gehirn:

Autobahnbau im Osten, Voodoo, schwarzer Zauber, Schwarzgeld, Korruption …

„Marlene, das wäre meine Pflicht gewesen! Ich bin seine Tochter, eine Organspende von mir wäre problemlos möglich!"

Jasmin saß hilflos wie ein kleines Kind auf der Couch der Magnussons und wand ihr nassgeweintes Taschentuch zwischen den Fingern. Was war nur in ihren sonst so vernünftigen Vater gefahren, dass der sich mit diesen Schlägertypen anlegte.

Marlene erschien mit einer Tasse Tee, drückte diese Jasmin in die Hände und streichelte beruhigend deren Wange.

„Dein Vater und ich haben uns für den Krankheitsfall gegenseitig Vorsorgevollmacht erteilt. Ich wollte, dass er, wenn er aufwacht, weiß, wie es nun für ihn weitergeht. Dieses panische Entsetzen, nur noch mit Hilfe einer Maschine existieren zu können und dazu das ewige unsichere Warten auf irgendwelchen Transplantationslisten, das wollte ich ihm ersparen. Verstehst Du das, Jasmin?"

Sie nahm den Kopf der Jüngeren in beide Hände und schaute sie liebevoll an.

„Außerdem: Du kennst Deinen Vater! Glaubst Du im ernst, er würde von Dir eine Niere annehmen? Wir haben den größten Teil unseres Lebens bereits gelebt, Du hast alles noch vor Dir. Jan würde wohl die Dialyse bewältigen, aber niemals ein Organ seiner Kinder annehmen. Weder von Dir, noch von Jens. Ihr seid seine geliebten Kinder und keine Ersatzteilspender für den Notfall."

Jasmin schluckte und umklammerte mit eiskalten Händen die Teetasse. Das heiße Getränk tat gut. Natürlich stimmte, was Marlene sagte. Niemals würde Paps einer Organentnahme bei ihr oder Jens zustimmen. Bei seiner Sturheit schon ein Wunder, dass er Marlene akzeptierte.

Im Moment arbeitete seine Niere ja wieder, diese aufreibende Diskussion führten sie nur, um handlungsfähig zu sein, falls es zu einem endgültigen Versagen käme.

Marlene schlang sich ein pistazienfarbenes, wollenes Cape um die Schultern. Eine Farbe, die ihr sehr gut stand. Sie hatte sich sorgfältig frisiert und geschminkt. Jedoch vermochte kein noch so gekonntes Make up die Sorgen aus ihrem Gesicht wegzuzaubern.

„Kommst Du, Jasmin? Wir wollen ihn nicht unnötig warten lassen. Wie ich Jan kenne, wird er das Krankenhauspersonal mit Entlassungswünschen terrorisieren."

Auf der Fahrt in die Klinik fasste sich Jasmin ein Herz und sprach mit Marlene über ihre Befürchtungen, Lorenz Fraasen könne in unsaubere Geschäfte verwickelt sein.

Marlene musste sich auf den dichten Verkehr der Husumer Landstraße konzentrieren, sie benötigte demzufolge einige Minuten, das Gehörte zu verarbeiten.

„Mhm. Schlimme Sache. Wenn er wirklich da mitgemischt hat, wird es für ihn böse ausgehen. Würdest Du denn zu ihm stehen, auch bei einer Haftstrafe?"

Jasmin kaute auf ihrer Unterlippe.

„Es könnte ja sein, dass er da unfreiwillig hineingerutscht ist. Oder dass sie ihn erpresst haben."

Marlene schaltete einen Gang zurück. Diese Touristen. Rasen wie die Irren – das nennen die Urlaub. Nun fuhr der hinter ihr auch noch zu dicht auf. Fehlt nur noch das Lichtsignal. Da – na bitte!

„Blödmann! Überholen – bei diesem Gegenverkehr!"

Erleichtert registrierten die beiden Frauen, wie sich der Drängler immer weiter von ihnen entfernte.

„Also, Jasmin", Marlene nahm den Faden wieder auf, „ich bin der Meinung, Du solltest Dir auf eigene Faust Erkenntnisse suchen. Fakten. Keine Vermutungen. Schau Dir seinen Terminkalender an. Versuche, jedem Anhaltspunkt nachzugehen. Begleite ihn zu geschäftlichen Terminen, die er hier wahrnimmt. Frag' ihn unvermittelt nach Korruption im Baugeschäft und beobachte seine Reaktion. So würde Dein Vater vorgehen. Erst wenn wir wissen, um was es genau geht und welche Rolle Lorenz dabei spielt, reden wir mit Jan. Einverstanden?“

Jasmin nickte. Vor diesem Gespräch graute ihr. Paps würde Lorenz Fraasen bei ausreichenden Verdachtsmomenten ohne Zögern anzeigen.

Zwei Tage später raffte Magnusson seine persönlichen Dinge im Krankenzimmer zusammen und stopfte sie in seine Reisetasche. Auf eigene Verantwortung, wie der Arzt betonte, bestand er auf seine Entlassung. Marlene gegenüber hatte er davon nichts verlauten lassen. Sören holte ihn ab.

In der Schublade seines Nachtschränkchens lag ein Zellstoffpäckchen. Beim Auseinanderfalten rutschte ihm eine zierliche, goldene Damenuhr entgegen. Erstaunt betrachtete er das wertvolle Stück. Er drehte sie herum. Auf der Rückseite eine Gravur:

ULRIKE – MY LOVE. Wie kam diese Uhr zu ihm? Er kannte keine Ulrike, geschweige denn besaß er deren Uhr. Die Stationsschwester klärte ihn auf. Bei Einlieferung in der Notaufnahme habe diese Uhr in seiner geballten Faust gelegen, sie gehöre demzufolge ihm. Magnusson steckte sie nachdenklich ein. Er erinnerte sich, sie lag an jenem verhängnisvollen Abend im Sand. Ein Stück Metall, um das er seine Hand schloss.

„Oh haua! Sieht immer noch böse aus“, Sören musterte seinen ehemaligen Vorgesetzten mitfühlend, „tut wohl bannig weh, was?“

Magnusson knurrte unverständliches. Den Mullverband trug er nicht mehr. Die gesamte rechte Gesichtshälfte schillerte in violetten, gelb-grünlichen und braunen Farbtönen, aus denen ein zugeschwollenes Auge mühsam herausschaute. Sein Problem bestand darin, möglichst aufrecht und so normal wie es nur ging, die Wegstrecke von der Klinik bis zum Fahrzeug zurückzulegen. Bei den Schmerzen im Nierenbecken eine erschöpfende Aufgabe.

Erleichtert sah er das Krankenhaus im Rückspiegel verschwinden.

„Wir haben die Typen, Herr Magnusson. Die sind nicht zum ersten Mal so unangenehm aufgefallen. Es lagen bereits Anzeigen wegen Gewaltdelikten bei Fußballspielen vor. Teilweise noch Bewährungsstrafen. Warum sind die denn so aggressiv auf Sie losgegangen?“

„Ich bin einen von denen schon mal begegnet. Der hatte mich in unguter Erinnerung. Sie kennen das, Sören. Gewalt ist für die so eine Art Sport.“

Sören kannte diese Auswüchse zur Genüge. Die Kollegen, welche allwöchentlich in den Fußballstadien rivalisierende Krawallmacher auseinanderhalten mussten, waren wahrlich nicht zu beneiden. So gesehen, hatte er mit der ruhigen Dienststelle hier das große Los gezogen.

„Ach, Sören halten Sie bitte mal an.“

Der Alte wollte zu dem Thema nichts mehr sagen. Auch gut. Erstaunt sah Sören ihn wenige Minuten später zurückkehren. Mit unsicheren Schritten und schmerzverzerrtem Gesicht trat er mit einem Arm voller langstieliger, roter Rosen aus dem Blumengeschäft.

21.

Egelmann schleppte sich kraftlos den Gartenweg entlang. In letzter Zeit hatte er deutlich an Gewicht verloren. Die früher feisten Wangen hingen nun wie übergroße, leere Hamsterbacken in seinem Gesicht. Da er sich nicht mehr um das Nachfärben seiner spärlichen Haarpracht kümmerte, lagen nun zur Hälfte schwarze und graue Strähnen wirr auf seinem Schädel. Er vernachlässigte seine Kleidung. Das Hemd hing hinten aus der an den Knien ausgebeulten Jogginghose, von den Socken erwischte er einen braunen und einen blauen. Sonja interessierte sich nicht mehr für seine Sachen. Sie ignorierte ihn völlig. Sobald er eine Frage an sie richtete, antwortete sie stoisch mit der Gegenfrage: „Wo ist das Geld?“

An der Pforte angekommen fingerte er den Schlüsselbund aus der Tasche, suchte umständlich nach den für den Briefkasten passenden und steckte ihn ins Schloss.

„Hallo, Herr Nachbar!“, Doktor Eichenwald winkte freundlich von seinem Anwesen herüber.

„Sie müssen sich nicht bemühen, die Post steht noch aus. Bisschen spät heute dran.“

Egelmann nickte ergeben und schlurfte wieder Richtung Haustür. In diesem Moment hielt der Postbote mit seinem Fahrrad vor der Pforte. Er entschuldigte sich bei Doktor Eichenwald für die Verspätung, aber der zuständige Kollege sei plötzlich erkrankt und so habe man ihn, als Vertretung, erst holen müssen. Er zog vorsortierte Briefe aus seiner Tasche und verglich die Anschrift. Dann rief er: „Hallo, sind Sie Herr Ferdinand Egelmann? Ich habe zwei Einschreiben für Sie und brauche Ihre Unterschrift!“

Egelmann drehte sich zu dem Postboten um und erstarrte im selben Augenblick. Der Ersatzzusteller war dunkelhäutig. In einer Art Fluchtreflex fasste er nach der Haustürklinke, bemüht, diese schnell hinter sich zuzuziehen. Plötzlich ging ein Zittern durch seinen Körper, seine Hand ließ los, die Beine gaben nach, er geriet ins Taumeln und fiel hin.

Dr. Eichenwald und der Postbote versuchten gemeinsam, ihn aufzurichten. Als Egelmann ein dunkles Gesicht über sich sah, begann er zu schreien. Es gelang den beiden Männern nicht, ihn zu beruhigen. Er schrie so laut, dass sogar Frau Brausewetter in der Küche alles stehen und liegen ließ und herbei rannte.

Die Rettungssanitäter nickten verstehend, als Dr. Eichenwald das Geschehen schilderte. Sie spritzten kurzerhand ein Beruhigungsmittel und das Geschrei hörte endlich auf während sich die Türen des Fahrzeuges hinter Egelmann schlossen.

An der Stelle, wo Egelmann gelegen hatte, fand Frau Brausewetter die beiden für ihn bestimmten Briefe. Sie steckte sie in ihre Kittelschürze.

„Soll ich Ihnen was sagen, Doktor, das mit dem Herrn Egelmann, das geht nicht mir rechten Dingen zu. Auf dem Mann lastet ein Fluch. Der kann keinen Schwarzen mehr ertragen.“ Ihr war egal, was der Nachbar dachte, was sie wusste, das wusste sie nun mal.

„Na, Na, Frau Brausewetter ... Fluch? Als Naturwissenschaftler führen Sie mich da aber auf sehr dünnes Eis.

Cerebrales Geschehen – eindeutig. Ohne den Kollegen vorzugreifen, tippe ich auf eine Psychose, deren Genese noch abzuklären ist. In dieser Ausprägung habe ich das in meinem langen Berufsleben nur ein einziges Mal erlebt, bei einem Alkoholiker. Delirium tremens. Psychose mit ängstlicher Erregung."

Damit stieß er bei Frau Brausewetter auf Widerstand.

„Delirium? Nee, damit kenne ich mich aus, Doktor. Nicht, dass ich selber … Nee, aber der Schwager von meinem Großonkel, der soff immer ganz ordentlich. Der konnte jeden unter den Tisch trinken. Irgendwann war er nicht so richtig im Training, da genügte dann ein einziges Schnapsglas voll und das Drama ging los. Der hat überall Mäuse gesehen. Im Küchenschrank, im Auto, im Kachelofen … Die hat er dann mit der Axt erlegt.

Zustände waren das, Doktor, Zustände, kann ich Ihnen sagen …"

Doktor Eichenwald wollte sich mit der Haushälterin seines Nachbarn nicht auf einen fachlichen Disput einlassen.

„Frau Brausewetter, was riecht denn hier so verbrannt?" Er hob schnuppernd den Kopf Richtung Küchenfenster.

„Oh Gott, oh Gott – der Rinderbraten!"

Sie eilte davon. Was war schon ein Delirium tremens gegen einen verkohlten Rinderbraten?

Seit Jan an jenem Abend nicht nach Hause gekommen war, wartete Moppel. Er saß stundenlang vor der Terrassentür und starrte auf den Weg. Seit der zweiten Nacht schlief er auch dort. Marlene schüttelte besorgt den Kopf. Der Beagle hatte sein Futter wieder nicht angerührt. Wer jemals einen Hund dieser Rasse kannte, weiß, wie schlimm er litt. Beagle haben immer Appetit und schlingen ihren Fressnapf in atemberaubender Geschwindigkeit leer. Der Hund hob nicht einmal den Kopf, als Marlene die Tüte mit getrocknetem Pansen holte. Für Menschennasen stinkt das Zeug abscheulich. Hunde lieben es und noch vor zwei Tagen hätte er es ihr hastig aus der Hand gerissen.

Seufzend steckte sie das widerliche Stück zurück in die Tüte mit dem Geruchsverschluss.

„Er kommt ja wieder, Moppel. Nur noch ein paar Tage." Sie kraulte seine seidigen Ohren und tastete besorgt den abgemagerten Brustkorb ab.

Der Hund schaute sie mit seinen großen, tiefbraunen Augen an. In seinem Blick lag soviel Schmerz und stummes Leid, dass Marlene sich schnell abwandte.

Sie stieg in ihr Arbeitszimmer hoch. Irgendwo in der Bibliothek musste ein Ratgeber für Hundekrankheiten stecken. Futterverweigerung, Verlustängste, Depression … unter diesen Stichpunkten sollte doch Rat zu finden sein. Wenn Moppel heute Abend wieder kein Futter annahm, musste sie Alexa um Hilfe bitten. Eine Tierärztin konnte das Problem professioneller angehen.

In das Hundebuch vertieft, hob sie plötzlich irritiert den Kopf. Moppel stieß einen Heullaut aus, der den klagenden Tönen verlassener Seehundbabys ähnelte. Es folgte lautstarkes, wechselndes Heulen und Bellen. Sie warf das Buch achtlos beiseite und rannte die Treppe hinab. Der Hund tigerte mit glänzenden Augen vor der Wohnungstür hin und her, seine Rute wedelte unablässig, dazu wieder der Heulton mit erhobenem Kopf. Sie öffnete die Tür – vor ihr stand Jan.

Verblüfft nahm Marlene die Rosen.

Jan zog sie ohne Rücksicht auf das teuere Gebinde heftig an sich. „Die Ärzte haben mir alles erzählt. Das lasse ich nicht zu, Marlene. Du bist gesund. Das setzt Du nicht leichtfertig für mich aufs Spiel."

Sie tastete vorsichtig mit den Fingerspitzen über seine geschwollene Gesichtshälfte. Dann legte sie ihren Zeigefinger auf seine Lippen, führte ihn wortlos zur Couch, drückte ihn in die Horizontale, nahm seine Beine hoch, legte ein Kissen unter seinen Kopf und setzte sich an seine Seite.

„Über dieses Thema reden wir jetzt, Jan und dann nie wieder. Sollte Deine Niere irgendwann versagen, wirst Du von mir ein Organ annehmen. Die Abstoßungsgefahr ist gering, die Klinik hat das alles schon ausgetestet. Wir sind uns wohl ähnlicher, als gedacht", sie lächelte. „Du wirst mich nicht davon abbringen können, jeder Versuch ist zwecklos. Ich liebe Dich. Außerdem erwarte ich eine nicht unbeträchtliche Gegenleistung."

„So? Was denn?"

Marlene drehte in gespieltem Nachdenken die Augen zur Decke.

„Zuerst die Reise nach Venedig. Als nächstes geht es nach Kenia. Mit allem drum und dran. Einschließlich Safari und Eingeborenentänzen. An denen Du Dich nach Kräften beteiligen wirst."

In Marlenes Augen saß der Schalck. „Alternativ biete ich Dir einen Kurs für Gesellschaftstanz in St. Peter-Ording an. Na?"

„In Ordnung. Ich nehme die Eingeborenentänze. Da unten kennt mich wenigstens keiner."

Er lachte schmerzverzerrt.

„Wissen die Ärzte, dass Du weg bist?“ Marlenes Miene wirkte wieder besorgt.

„Ja. Alles unterschrieben.“ Er bat sie, ihm beim Aufstehen behilflich zu sein. Ächzend stand er schließlich. „Erst mal duschen. Diesen verdammten Krankenhausgeruch loswerden.“

22.

Vorsichtig rüttelte Jasmin an der Schreibtischschublade. Abgeschlossen. Sie blickte sich suchend im Zimmer um. Dieser Hotelschreibtisch besaß kein Sicherheitsschloss. Sie würde einfach alle im Appartement vorhandenen Schlüssel durchprobieren. Warum hatte Lorenz nicht den Zimmersafe genutzt, der ja versicherungstechnisch als sicher galt? Die Antwort konnte sie sich selbst geben. Zum Safe besaß auch sie Zugang, dort lagen die Pässe, Kreditkarten, Bargeld und auch ihr Schmuck. Wenn Lorenz etwas vor ihr verbergen wollte, brachte er es logischerweise woanders unter. Für den Schreibtisch hatte sie sich bisher nicht interessiert, er saß manchmal dort und arbeitete am Laptop. Den Rechner durfte sie mit benutzen, jedoch war sie sich sicher, dass die wirklich interessanten Dateien vor ihrem Zugriff geschützt blieben. Zwecklos also, dort nach Anhaltspunkten zu suchen. Das elektronische Gedächtnis speicherte außerdem jeden diesbezüglichen Versuch. Damit wüsste Lorenz sofort, dass sie hinter ihm her spionierte.

Tatsächlich, der Schlüssel der kleinen Schlafzimmerkommode passte auch in das Schreibtischschloss. Jasmin zog die Schublade heraus. Darin lag ein Notizbuch mit Kalender, eingefasst in dunkelgrünes, genarbtes Leder. Krokodilleder. Diese noble Lederprägung kannte sie bisher nur von den Handtaschen der Damen aus Lorenz Bekanntenkreis. In ihrer Gegenwart hatte er es noch nie in der Hand gehabt. Sie blätterte darin. Die Spalten der Wochenkalender waren ausgefüllt mit Terminen. Manche blau geschrieben, andere rot und mit Ausrufezeichen versehen. Die dahinter vermerkten Kürzel sagten ihr nichts. Sicher Baustellen, die er regelmäßig aufsuchte. Halle, Leipzig, Dresden und Chemnitz tauchten als Ortsangaben immer wieder auf. Für die Urlaubszeit waren die Wochen mit Querbalken durchstrichen, nur vor einigen Tagen gab es eine unleserliche Eintragung. Ein Termin am Abend. Sie erinnerte sich. Lorenz hatte sich an diesem Abend mit einem Geschäftstermin entschuldigt. Jasmin legte das Notizbuch auf die Schreibtischplatte. Gedankenverloren schaute sie auf die sonnige Küstenlandschaft zu ihren Füßen. Noch vor wenigen Tagen wirkte die Welt wie verzaubert, verliebt sah sie alles durch einen rosaroten Filter. Die Zukunft schien sorglos und leicht. Nun nagten Misstrauen und Angst in ihr.

Sie griff wieder nach dem Kalender und blätterte mit dem Daumen die Seiten durch. Sie stutzte. Eine der letzten Seiten war dicht mit Lorenz kleiner, nach links geneigter Handschrift beschrieben. Alles Zahlen. Mal größer, mal kleiner, aber immer im fünfstelligen Bereich. Die Eintragungen begannen im Jahre 1993, neben dem Datum die Zahl und ein Buchstabe, mehr nicht. Es gab kein System. In manchen Jahren folgten viele Eintragungen aufeinander, in anderen Jahren waren es nur zwei oder drei. Die einzige

Regelmäßigkeit, die Jasmin erkennen konnte, war die stetige Wiederkehr der Buchstaben E und T. „E“ tauchte in den letzten fünf Jahren nicht mehr auf. Sie überschlug die Summe, welche „E“ über die Jahre erhalten haben musste. Es war mehr als eine Million. Anfangs natürlich in DM-Beträgen, später in Euro.

Jasmin legte entsetzt die Handflächen an die Schläfen. Diese geheime Buchführung war der Beweis. Lorenz verteilte großzügig Gelder, für die „E“ und „T“ sowie ein halbes Dutzend anderer Leute selbstverständlich Gegenleistungen erbringen mussten. Manipulationen im großen Stil, gigantische, dem fiskalischen Zugriff entzogene Geldbeträge. Schwarzgeld, welches den in dieser Liste Geführten ein privilegiertes Leben ermöglichte. Womöglich waren die ersten Machenschaften bereits verjährt. Ihr erschien es unfassbar, das derartig großangelegte Betrügereien über so lange Zeiträume funktionierten. Unglaublich – niemals eine undichte Stelle? Keiner der aufflog? Gab es denn überhaupt Kontrollen? Der Konzern, bei dem Lorenz Fraasen beschäftigt war, verfügte über eine Buchhaltung, welche sich über zwei Hochhausetagen ausbreitete. Schliefen die?

Sie erinnerte sich an die Hochzeitsfeier ihres Vaters, als über den Autobahnbau in Ostdeutschland geredet wurde. Schluderei, hieß es, die Straßen gingen bereits nach wenigen Jahren wieder kaputt, dagegen hatten die alten, also die in den dreißiger Jahren gebauten, sogar noch dem Verkehrsaufkommen der modernen Zeit standgehalten. Logisch, wenn heutzutage Material in solchen Größenordnungen unterschlagen wird. Lorenz hatte bei diesem

Gespräch beharrlich geschwiegen. Warum, war ihr jetzt klar.

Sie nagte an ihrer Unterlippe und fasste einen Entschluss. Er solle sich selbst anzeigen. Wenn er sich kooperativ zeigte und bei der Aufdeckung half, durfte er auf ein milderes Strafmaß rechnen. Kronzeugenregelung hieß das. Wie es dann mit ihr und ihm weiterging wusste sie noch nicht. Sie wollte ihn zwingen, wenigstens einmal offen mit ihr zu reden. Ohne weiter nachzudenken, riss sie die Seite mit den Korruptionszahlungen aus dem Notizbuch und legte es an die vorgefundene Stelle zurück. Den Zettel fügte sie zwischen die Seiten eines Liebesromans, dort würde er garantiert nicht suchen. Dann ging sie ins Bad und schminkte sich. Lorenz erwartete sie im Restaurant und bevor sie nicht mit ihrem Vater gesprochen hatte, wollte sie sich nichts anmerken lassen.

Zur selben Zeit stand Frau Brausewetter unschlüssig am Herd. Da hatte sie nun mit allen hausfraulichen Tricks den leicht angekohlten Rinderbraten gerettet und nun wollte die Dame des Hauses nichts essen. Zu ihrem durchgedrehten Gatten in der Klinik war die gar nicht vorgelassen worden. Schwere Psychose – nicht ansprechbar. Keine Prognose möglich. Erschöpft und sichtlich genervt hatte die Egelmann diese Worte der Haushälterin hingeworfen wie einem Hund den Knochen. Nun saß sie im Sessel neben der Terrassentür, die gelesenen Briefe achtlos am Boden und kaute an einem der überlangen, in grellem Rot lackierten Fingernägel. Plötzlich kam Leben in die Frau. Sie rannte an Frau Brausewetter vorbei die Treppe hoch und erschien wenig später in einem dunkelblauen Hosenanzug mit einer prall gefüllten Reisetasche in der Hand wieder, griff sich die Autoschlüssel und strebte der Haustür zu. Dort drehte sie sich noch einmal um.

„Wir brauchen Sie nicht mehr, Frau Brausewetter. Ich ziehe nach Hamburg. Das Haus hier wird verkauft. Mein Mann wird die Psychiatrie zu seinem eigenen Schutz nicht mehr verlassen können." Sie fingerte aus ihrer Handtasche einige Geldscheine heraus.

„Hier – ihre Vergütung. Den Schlüssel für das Haus behalten Sie bitte vorerst noch. Der Makler wird sich bei Ihnen melden."

Ein letztes Kopfnicken in Richtung der Älteren, dann verschwand sie in der Garage und fuhr kurz danach davon.

Sonja Egelmann wollte zuerst einen Hamburger Anwalt aufsuchen. Es galt, das restliche Vermögen zu sichern. Immerhin war ihr das Haus geblieben. Wo Ferdinand den Inhalt des Schließfaches versteckt hielt, konnten vielleicht die Ärzte heraus bekommen. Später. Im Moment war es sicher von Vorteil, dass er als nicht zurechnungsfähig galt. Damit entging er dieser Vorladung vor Gericht und sie, die Ehefrau, würde ihre völlige Ahnungslosigkeit hinsichtlich seiner früheren beruflichen Machenschaften mit Hilfe des Anwaltes glaubwürdig versichern.

‚Juristische Aufklärung eines Betrugsskandales um millionenschwere Scheinrechnungen beim Autobahnbau in den neuen Bundesländern' – so hörte sich das in deren Beamtendeutsch an. Sie waren drauf und dran einem kleinen Subunternehmer den Prozess zu machen.

Die Egelmann musste warten, die Ampelanlage am Eidersperrwerk stand auf Rot. Am Anleger dümpelte ein Ausflugsdampfer vor sich hin. Touristengruppen schlenderten an ihr vorbei und musterten neugierig die elegante Dame in dem Sportwagen.

Diese Idioten. Subunternehmer sind kleine Fische! Die wirklich großen Beträge kassierte ein anderer. Der wusste, wie der Hase lief. Nicht mal mit einer Schadenersatzklage würden die viel erreichen – die ersten Straftaten waren längst verjährt. Selbst wenn sie irgendwann Egelmann etwas nachweisen würden, eine Aussage oder gar ein verwertbares Geständnis würden sie von diesem Psychiatrie-Patienten nie erhalten. Letztendlich müssen die dann das Verfahren gegen ihn einstellen, beruhigte sie sich.

Eigentlich genial, wie das Spiel gelaufen war. Etliche Millionen zur Seite gebracht, die Justiz an der Nase herumgeführt und bezahlen würde der ahnungslose Steuerzahler. Sie lachte glucksend. Es ging ja nicht nur um die Provisionen und Bestechungsgelder. Nein, auch die enormen Gerichtskosten der jahrelang sich hinziehenden Verhandlungen, die Vielzahl von Gutachtern und Gegengutachtern, das mühevolle Aufspüren von ehemaligen Mitarbeitern, die Vernehmung unzähliger Zeugen … Alles das überforderte den starr und pedantisch agierenden Justizapparat. Eigentlich absurd: Mit den bereits verjährten Rechnungen für nie erbrachte Leistungen und den damit in den Anfangsjahren ergaunerten Summen konnten sich die Köpfe der Betrügereien die besten Anwälte leisten. Ein Wirtschaftskrimi. Und sie, als stille Nutznießerin, musste nichts befürchten, geprellt wurde der Steuerzahler und die Justiz hechelte wie ein Hund dem allzu schnellem Wild hinterher.

Frau Brausewetter hielt immer noch die Geldscheine in den Händen. Schließlich zuckte sie ergeben mit den Schultern und wandte sich wieder dem Rinderbraten zu. Den verteilte sie auf verschiedene Vorratsdosen, tat Beilagen dazu und stapelte alles vorsichtig in ihrer Einkaufstasche. Hinnark würde sich freuen.

Sie räumte die Küche auf, versorgte die Grünpflanzen mit ausreichend Wasser und schloss die Terrassentür ab. Da, neben dem Sessel lagen immer noch die, von der Egelmann so achtlos fallengelassenen Einschreiben. Frau Brausewetter bückte sich, setzte die vor ihrem mächtigen Busen an einer Schnur baumelnde Lesebrille auf und studierte laut lesend die Briefe.

„Oh ha! Vorladung vor Gericht! Na, damit ist nicht zu spaßen. Und das hier wird der Egelmannschen auch nicht gefallen haben, so ein Brief vom … vom … Dezernat für Wirtschaftskriminalität. Hier: Aussage zu den laufenden Ermittlungen erforderlich. Steuerfahndung involviert. Ich hab's doch gesagt, der Egelmann ist ein Ganove. Fraukes Urahn wollte bloß nicht so richtig mit den Details rausrücken …"

Sie stand etwas unschlüssig mit den Briefen in der Hand im Zimmer. Die Hausherrin würde so schnell nicht wieder hier auftauchen, nach diesem Abgang. Na, und die Briefe interessierten die gar nicht. Dafür würden solche Sachen einen anderen interessieren. Einen, der sich ein bisschen langweilte und neuerdings mit den jungendlichen Krawallmachern am Strand herumprügelte. Nicht nur das, die Blicke, welche der reife Magnusson dem jungen Ding bei GOSCH zugeworfen hatte, standen ihr noch lebhaft vor Augen. Dieser Dösbattel! Jahrelang war er allein, fing schon an, wunderlich zu werden, da findet er diese Frau, für die er dem lieben Gott auf Knien danken müsste und was tut er? Statt seine Marlene auf Händen zu tragen, bildet er sich ein, auf Mädchen, die seine Enkeltöchter sein könnten, Eindruck zu machen.

Frau Brausewetter fühlte nicht übel Lust, ihm einmal so kräftig die Meinung zu sagen, wie sie das bei ihrem Hinnark tat. Leider akzeptierte Magnusson ihre in langjähriger Ehe erkämpfte Weisungsbefugnis nicht – der schaltete einfach auf stur.

Deshalb steckte sie kurz entschlossen die beiden Briefe ein. Kleines Arbeitsbeschaffungsprogramm für ihn. Wirtschaftskriminalität – ein neues Feld für den ehemaligen Dienststellenleiter. Brachte ihn auf andere Gedanken, lenkte ihn von den jungen Weibern ab und ganz nebenbei vermochte er vielleicht herauszufinden, wie dieser Egelmann verhext wurde. Damit konnte sie bei Frauke punkten. Die wusste zwar mit nordfriesischer Spökenkiekerei Bescheid, aber von Wudu, oder wie das Zeug hieß, besaß die keinen blassen Schimmer.

23.

Jan Magnusson stand unschlüssig am Kreisverkehr, welcher die Dorfstraße von der Wittendüner Allee trennte. Eigentlich wollte er nur mal kurz frische Luft schnappen. Wenn er aber schon mal hier war, konnte er auch der Wittendüner Allee etwas weiter folgen. Irgendwo da hinten befand sich das Anwesen eines gewissen Thaut. Der Mann lebte nicht mehr, er war auf ziemlich unschöne Weise gestorben. Falls die Begriffe ‚schön' oder ‚unschön' im Zusammenhang mit dem Tod überhaupt sinnig erschienen. Gab es das ‚einen schönen Tod'? Magnusson dachte an Grete Svenson. Die Pflegedienstleiterin hatte damals behauptet, die alte Dame habe einen ‚schönen Tod' gehabt. Zumindest sei sie ganz friedlich eingeschlafen. Auf diesen Thaut traf das ja wohl weniger zu. Keine angenehme Sache, gefesselt im Watt liegend die stetig näher kommende Flut zu spüren. Was geht einem Menschen in dieser Situation durch den Kopf? Erfolgt dann die Lebensbilanz, die endgültige ehrliche Auseinandersetzung mit sich selbst? Wird dann aufgerechnet, Soll und Haben gegeneinander gesetzt, werden Lebensversäumnisse schmerzlich bewusst? Oder hoffte dieser Thaut nur noch, dass es schnell vorüber war? Vielleicht bekam er auch gar nichts mit, er soll zuvor niedergeschlagen worden sein. Oder doch? Früher haben die Seeleute sich hartnäckig geweigert, schwimmen zu lernen. Es dauere nur sinnlos länger, meinten sie, wenn man über Bord geht und keine Hilfe in Aussicht ist. Lange wird der Mann auch nicht gelitten haben, der Wasserspiegel steigt relativ schnell, denn der Tiedenhub ist groß, hier an der Westküste.

Die Magnusson Entgegenkommenden schlugen einen Bogen um ihn. Hielten ihn sicher für gewalttätig. Dabei war er das Opfer. Der Schläger saß erst einmal hinter Schloss und Riegel. Er war Realist genug, um zu wissen, dass es sich hierbei nur um eine vorübergehende Unterbringung handelte. Bis zur Verhandlung war der bald wieder auf freiem Fuß. Und die konnte dauern, die Gerichte erstickten in den sich häufenden Verfahren.

Komisch, das einzige, was sich in diesen verrückten Zeiten stetig entwickelte und prosperierte, war die Kriminalität. Fast schien es, als seien jedwede moralische Schranken gefallen. Nicht nur bei Politikern. Die Existenz eines gewissen prozentualen Anteiles von Verbrechern in der Gesellschaft ist normal. Das wird es immer geben. Was Magnusson beunruhigte, war das Übergreifen der Gewalt auf bisher normal agierende Bevölkerungsschichten. Es häuften sich die Fälle, in denen brave Bürger plötzlich Amok liefen. Bisher völlig unauffällige Jugendliche schossen in den Schulen wild um sich.

Biedere Ehemänner und Familienväter verkrafteten auf einmal die Trennungsabsichten der Gattin nicht mehr und quittierten diese narzistische Kränkungserfahrung mit dem Auslöschen der gesamten Familie. Diese Männer reagierten sich früher in einem nervenzerfetzenden Scheidungskrieg ab oder ertränkten ihren Kummer im Alkohol, bis sie sich neu verliebten. Strengere Waffengesetze? Ja doch, ein absolutes Waffenverbot wäre hilfreich, bleibt aber angesichts der waffenvernarrten Väter, die es nicht einmal für nötig halten, ihren Waffenschrank vor dem pubertierenden Nachwuchs zu sichern, Illusion.

Vor denen, die jegliche Hemmungen verlieren und Betonklötze von Autobahnbrücken werfen um wahllos jemand zu töten, gibt es überhaupt keinen Schutz. Und die Kinder erst. Bei dem Gedanken an die zahlreichen missbrauchten und ermordeten Kinder legte sich ein dumpfer Schmerz auf Jans Herz. Um die quälenden Bilder abzuschütteln, betrachtete er die an seinem Weg liegenden Anwesen.

Es gab sie noch, die geduckten, nordfriesischen Reetdachhäuser, erbaut von der hiesigen, angestammten Bevölkerung. Die schönsten unter ihnen waren behutsam restauriert worden, jeden neumodischen Schnickschnack beiseite lassend. Eine Wohltat für die Augen, so ein schlichtes, gediegenes Haus. Wie unpassend dagegen die architektonischen Auswüchse und Fehlgriffe protzender Städter. Viel Geld – wenig Stil. Das Feingefühl für Landschaft und Bauwerk muss man im Blut haben und nicht einem sich selbst verwirklichenden Architekten überlassen. Magnusson schüttelte angewidert den Kopf beim Betrachten einer in grellem Ocker gestrichenen toskanischen Villa mit schmiedeeisernem Zaun. Das zweiflügelige Einfahrtstor ragte gut und gerne drei Meter in die Höhe. Was dachten sich die Leute bei solch einem Missgriff eigentlich? Nichts gegen toskanische Villen. In Florenz oder Siena. Aber hier? Irgend ein besonders potent wirkend wollendes Vorstandmitglied oder ein Chefarzt aus dem einträglichen plastisch operierenden Fachbereich hatte seinen Willen durchgesetzt und war wahrscheinlich auch noch stolz darauf. Jan würde die Gedankenwelt dieser Leute nie begreifen.

Die Wittendüner Allee machte einen Schlenker nach rechts, die Bebauung wurde spärlicher und die flache vertraute Landschaft des Nordens lag vor Jan ausgebreitet. Aus der Ferne grüßte der Tatinger Kirchturm herüber.

Linker Hand befand sich ein einsam liegendes Anwesen. Der ausladende Klinkerbau stand, etwas von der Straße zurückgesetzt, in einem blühenden Bauerngarten. Dahinter schienen sich Stallungen und Weideflächen zu befinden. Auf dem umgrenzenden Friesenwall blühten späte Heckenrosen. Das geöffnete, im friesischen Stil schön geschwungene Gartentor, bewegte der Wind in den Angeln. Magnusson war am Ziel. Auf dem ovalen Messingschild des Gartentores standen die Namen der Besitzer: Ulrike und Jochen Thaut. Ulrike? Interessant.

Unschlüssig verweilte er vor dem Grundstück. Dann sah er sie. Aus dem hinteren Teil des Anwesens näherte sich eine Frau. Sie war klein und zierlich. Die haselnussbraunen, ganz kurz geschnittenen Haare betonten die schöne Kopfform. Die Frau wirkte androgyn, eine ausgewogene Mischung zwischen weiblichen und jünglingshaften Anteilen. Ja, wenn sie noch weiter von ihm entfernt gewesen wäre, hätte er gemeint, ein Bursche laufe dort herum.

Auch ihre Bewegungen waren jungendlich. Dynamisch federnd schritt sie lächelnd direkt auf ihn zu.

„Wir haben Sie schon erwartet. Ich bin Frau Thaut." Freundlich und einladend hielt sie ihm ihre schmale, schmucklose Hand hin. Ihr Blick streifte sein lädiertes Auge, in ihren Pupillen funkelte es.

Magnusson zögerte kurz, dann ergriff er die ausgestreckte Hand und versuchte ein verbindliches Lächeln in Richtung der Knaben-Frau. Bekleidet war sie mit einer eng anliegenden, weißen Jeans und einem schlichten, schwarzem Shirt. Beides betonte ihren schmalen Körperbau. Er vermochte die Dame nicht recht einzuordnen. Sie schien alterslos zu sein und auf eine verwirrende Weise weder dem einen, noch dem anderen Geschlecht eindeutig anzugehören. Ihre blauen Augen blickten ihn unverwandt an.

„Ich gehe voraus und zeige Ihnen alles. Wenn Sie Fragen haben, klären wir das am besten an Ort und Stelle."

Er folgte der einladenden Geste Richtung Haus. Wie sie vor ihm auf das Gebäude zu lief, schien die Täuschung wieder perfekt. Vor Magnusson ging ein schmaler, halbwüchsiger Bursche, dessen Schultern eine Idee breiter waren als die Hüften.

„Der Makler von Maier & Maier hat angerufen. Er steckt noch im Hamburger Stau. Ich denke, wir kommen auch ohne ihn zurecht. Oder möchten Sie lieber warten?“

Sie wandte fragend den schönen Kopf in seine Richtung, während er die Schwelle überschritt. Magnusson knurrte so etwas wie ein „Nein“.

Das erste, was ihm auffiel, war der Kamin. Eingefasst mit Fliesen in Delfter Blau.

„Es war nicht einfach, die originalen Fliesen aufzutreiben. Zum Glück hatten wir einen rührigen Architekten mit guten Verbindungen zum Antikhandel.“ Sie stand vor ihm, beide Hände in den Taschen der Jeans versenkt und taxierte ihn. Die blauen Augen blickten ihn jetzt kalt an und offenbarten den nüchternen Geschäftssinn der Frau.

„Ich sage Ihnen das, damit Sie verstehen, worauf der Kaufpreis basiert. Wobei die Innenausstattung noch den geringeren Teil der Baukosten ausmachte. Sie hatten ja bereits genügend Zeit, das Gutachten zu studieren. Wollen Sie zuerst die oberen Räume besichtigen, Herr Fredemann?“

„Herr Fredemann“ verzog keine Miene. Der Wohnraum war vollständig möbliert, wirkte aber seltsam unpersönlich. Magnusson fiel auf, dass es darin keinerlei persönliche Gegenstände gab. Eine ausladende Sitzgruppe, dunkelblau, mit Rückenkissen, auf denen die Silhouetten weißer Pferde eingestickt waren, ein chinesischer, rot lackierter Schrank und weiter hinten ein Speisezimmer mit Anrichte. Keine Fotos und auch keine Bilder an den Wänden.

Die Knaben-Frau wartete auf eine Äußerung seinerseits. Als die nicht kam, öffnete sie eine Schiebetür.

„Dann vielleicht doch zuerst die Küche. Ein englisches Markenfabrikat. Die Herren von der Insel haben alles vor Ort eingebaut. Keine Massenware. Wenn Sie sich für dieses Objekt entscheiden, wird Ihre Frau zufrieden sein. Sie sind doch verheiratet?“

Hier konnte Jan guten Gewissens laut und deutlich mit „Ja“ antworten.

Aus den oberen Räumen schritt jemand die gewundene, weiß lackierte Treppe herab. Ein großer, blonder Mann. Er hielt eine blau-weiße mit eben jenem Delfter Muster der Kaminkacheln bemalte Deckelvase in den Händen. Ohne Deckel.

„Ulrike, weißt Du, wo der Deckel ist? Ich habe oben alles abgesucht …“

Er sprach schwitzerdytsch.

Frau Thaut stellte die Herren einander vor.

„Herr Urikon ist ein Freund unseres Hauses. Er ist mir bei den Umzugsvorbereitungen behilflich. Ich bin verwitwet. Mein Mann ist erst vor kurzem auf eine tragische Weise ums Leben gekommen. Wenn Sie sich schnell entschließen, könnten Sie sofort über das Anwesen verfügen, Herr Fredemann.“

Während sie Magnussons Reaktion lauernd erwartete, konnte Urikon sein Grinsen nicht unterdrücken als er dessen von Hämatomen gezeichnetes Auge entdeckte.

Der wiederum wunderte sich über die Gegensätzlichkeit der beiden. Sie extrem zierlich, er vierschrötig und rotgesichtig wie ein Almbauer. Von wegen: Ein Freund des Hauses! Die Knaben-Frau und der Schweizer waren ein Paar. Ganz offensichtlich. Die Frage war nur, ob sie es bereits zu der Zeit waren, als Thaut noch lebte. Magnusson witterte ein Motiv. Diese androgyne Frau mochte zerbrechlich wirken, ein zartes Wesen besaß die aber garantiert nicht.

In de lütten Pütt is dat meiste Gift sagte Magnussons Vater immer spöttisch.

Er wagte einen Vorstoß. „Ich habe davon gehört, Frau Thaut. Ihr Gatte wurde ermordet. Hat man den Mörder denn schon gefasst?"

Ihr Gesicht blieb unbewegt, sie starrte ausdruckslos auf die Abzughaube des Herdes.

„Mein Mann war beruflich sehr engagiert. Häufig auf wechselnden Baustellen unterwegs. Er trug eine große finanzielle Verantwortung für die Firma. Da bleibt es nicht aus, dass man Leuten auch mal auf die Füße tritt oder Subunternehmern Aufträge entziehen muss. Wahrscheinlich hat sich jemand an ihm gerächt. Die Polizei sagt, so etwas komme durchaus vor und es kann lange dauern, bis sie alle seine geschäftlichen Kontakte unter die Lupe genommen haben."

In das Gesicht des Herrn Urikon war jetzt ein lauernder Ausdruck getreten. Er wirkte immer noch wie ein Hochgebirgsbauer, allerdings wie einer, der gerade seinen Partner beim Viehhandel über den Tisch zog.

Magnusson nickte einfühlsam. „Verstehe. Das Haus birgt für Sie zu viele Erinnerungen. Deshalb wollen Sie verkaufen."

„Ja" sie verschränkte die Arme vor der Brust. Sie tat das wie ein Mann, von einem Busen konnte man bei ihr wirklich nicht sprechen.

„Ich werde in die Schweiz übersiedeln. Herr Urikon hat mir dort in seinem Unternehmen eine berufliche Perspektive eröffnet. Möchten Sie jetzt die oberen Räume sehen oder zuerst die Stallungen?"

Magnusson wog in gespielter Nachdenklichkeit den Kopf. Jeden Moment konnte der echte Herr Fredemann hier auftauchen.

„Ich denke, meine Frau sollte bei dieser Entscheidung ein Wörtchen mitreden. Deshalb werde ich einen weiteren Termin bei Maier & Maier vereinbaren."

Sie geleitete ihn zur Gartenpforte.

„Wie Sie wünschen, Herr Fredemann. Wir sehen uns dann allerdings nicht mehr. Übermorgen reise ich ab."

Er reichte ihr die Hand und blickte dabei fest in ihre kalten, blauen Augen. Kein Fünkchen Wärme darin, nur Berechnung.

„Haben Sie sich auch mit den Pferden beschäftigt? Wissen Sie, wie man mit ihnen umgeht?"

Ein nachsichtiges Lächeln umspielte ihren Mund.

„Ich habe als Jockei gearbeitet. Infolgedessen weiß ich so in etwa, wie man mit ihnen umgeht."

Jan entfernte sich zügig. Auf dem langen Rückweg wuselten die Gedanken durch seinen Kopf. Jockei also. Die Tatsache, dass es weibliche Jockeis auf den Rennbahnen gab, war ihm neu. Von der Gewichtsklasse her war diese Knaben-Frau jedenfalls bestens geeignet und warum sollte gerade dieses Berufsfeld Frauen verschlossen bleiben, wo sie doch heutzutage überall mitmischten. Sogar als Bomberpilotin ließen sich welche ausbilden. Ob die irgendwelche Skrupel hatten, wenn sie ausklinkten? Wahrscheinlich nicht. Die männlichen Kameraden durften sich ebenso wenig den Luxus eines Gewissens leisten. Als Söldner macht man halt seinen Job. Bedauerlich, aber unvermeidbar, dass dabei hin und wieder unbeteiligte Zivilisten draufgingen, so dachten wohl die meisten. Kolateralschäden. Ars militaria. Das ganze Gerede vom Leben spendenden und erhaltenden Wesen der Frau gehörte wohl in die Mottenkiste der Geschichte. Gefühlsduselei.

Magnusson stoppte das Gedankenkarussell. Die eigentliche Frage für ihn war doch, ob die Androgyne ihren Mann umgebracht haben könnte. Zutrauen würde er es ihr und diesen Alm-Öhi. Frau Thaut war zur Tatzeit mit den Kindern segeln. Dafür gab es Zeugen. Und Urikon? Wo war der in der fraglichen Nacht? Hatte da mal einer nachgefragt oder wussten die Kollegen gar nichts von seiner Existenz? Einfach mal den zuständigen Ermittler anrufen, nahm er sich vor. Momentan waren die Kollegen damit beschäftigt, jedem noch so winzigen Verdacht nachzugehen und durchforsteten die beruflichen Kontakte des Toten. Wo war der doch gleich beschäftigt? Wie hieß der Baukonzern? Kurz entschlossen wählte er Sörens Nummer. Die Antwort, die dieser ihm gab, bewirkte bei Jan ein überraschtes Anheben der Augenbrauen. Exakt das gleiche Unternehmen, bei dem auch sein potentieller öliger Schwiegersohn in Diensten stand. Zufall? Wieso brachte der eigentlich nicht das Gespräch auf den Mordfall? So was interessiert einen doch. Die müssen sich gekannt haben, zumindest oberflächlich. Wieso erwähnte Lorenz Fraasen seinen ermordeten Kollegen nicht einmal?

Magnusson wollte ihm auf den Zahn fühlen. Irgendetwas stimmte mit dem Kerl nicht. Das hatte er gleich gespürt als Jasmin diesen arroganten Fuzzi daherbrachte.

Ziemlich überrascht registrierte Jamsin, dass ihr Vater sich mit Lorenz treffen wollte.

„Wir sind am Strand, Paps. Ziemlich weit draußen im Watt. Ich gebe Dir Lorenz, dann kannst Du selbst mit ihm reden."

Sie reichte das Handy an ihren Zukünftigen weiter und zuckte bei dessen fragendem Blick nichtwissend mit den Schultern. Die Stimme ihres Vaters hatte ziemlich streng geklungen, wusste der bereits etwas? Noch hatte sie Lorenz nicht zur Rede gestellt. Und noch hatte er die fehlende Seite in seinem Notizbuch nicht bemerkt.

Lorenz Fraasen nannte Zeit und Ort für ein Treffen, dann reichte er ihr wortlos das Handy zurück. Anscheinend wollte er über das Thema nicht sprechen, denn er zeigte kommentarlos Richtung Buhne und marschierte einfach drauflos.

24.

Auf den Terrassen der Strandpromenade schien jeder Platz besetzt. Jan kämpfte sich im Cafe Rasmus durch eine beschwingt palavernde Rentnertruppe und fand tatsächlich in der hintersten Tischreihe noch zwei freie Stühle. Marlene strahlte. Sie war gerade mit ihrer Arbeit fertig geworden, hatte das Lektorat abgegeben und freute sich nun auf die vor ihnen liegenden zwei Wochen Venedig in trauter Zweisamkeit. Der Flug ab Hamburg war gebucht, Moppel bei den von Trostorffs in guten Händen. Mit denen wollten sie sich auf ein Glas Wein zum Abschied hier treffen. An ihrem Tisch saß ein weiteres Paar. Nicht mehr jung, aber betont modisch gestylt. Die Dame trug eine überdimensionierte Sonnenbrille, deren Bügel die Initialen eines berühmten Pariser Modehauses in Glitzersteinen deutlich präsentierten. Sie und ihr Begleiter waren tief gebräunt, was auf häufige Aufenthalte im Süden schließen ließ, aber der Haut der Dame offenbar nicht gut bekommen war. Von den Runzeln unter der dick aufgetragenen Schminke vermochten auch die zahlreichen Farbschattierungen der gefärbten Haarsträhnen nicht ablenken.

Offenbar hatten die beiden sich nichts zu sagen, denn sie registrierten Jans und Marlenes Erscheinen mit wachem Interesse. Besonders Marlene wurde einer kritischen Musterung von oben bis unten unterzogen. Die Dame drehte sogar ihren Stuhl etwas mehr in Richtung der beiden, um nur ja keine Äußerung zu verpassen. Marlene trug unter der dicken Weste ein geringeltes Matrosenshirt zu dunkelblauen Jeans. Sie mochte es nicht, sich aufwendig zu kleiden. Ihren Stil bezeichnete sie als sportlich-praktisch, die angesagte Modelinie war ihr weitgehend egal. Der aufdringlichen Musterung entzog sie sich einfach, indem sie ihrerseits die Sonnenbrille aus dem Haar nahm und aufsetzte. Jan trug die seine sowieso, um sein nun langsam abheilendes Auge vor schadenfreudigen oder mitleidigen Blicken zu schützen.

Er griff unter dem Tisch nach Marlene Hand. Die Tischnachbarn folgten seiner Bewegung mit einer winzigen Drehung der Köpfe.

„Ich kann es kaum noch erwarten“, flüsterte er, „in Venedig kannst Du Dich nicht hinter Arbeit verschanzen, dort wirst Du ausschließlich für mich da sein.“

Marlene saß der Schalck im Nacken. In normaler Lautstärke antwortete sie ihm.

„Du stellst Dir das so vor, dass ich Dir zu jeder Tages- und Nachtzeit zur Verfügung stehe, Deine Wünsche erfülle, was auch immer Du von mir willst?“

Jan lächelte amüsiert. Aus den Augenwinkeln hatte er bei der Buntgefärbten ein Zusammenzucken bemerkt.

„Ja, genau so stelle ich mir das vor. Was glaubst Du, warum wir in einem alten venezianischen Palast wohnen werden? Gewisse Orte bewirken geradezu eine Verfeinerung der Sinne.“

Der Mund der gegenüber sitzenden Dame nahm einen verbitterten Zug an.

Marlene rührte betont langsam den gerade servierten Kaffee um.

„Das wird Dich etwas kosten, mein Lieber.“

Jan war in so glänzender Laune, er spielte einfach weiter mit.

„Woran denkst Du?“

Marlene starrte versonnen auf die Schaumkronen der in der Ferne blinkenden See.

„Ich denke da an junge, schwarze Massai-Krieger, welche mit Speeren bewaffnet ihre traditionellen Tänze aufführen. Ich sehe lodernde Feuer, deren Flammen sich in den dunklen, glänzenden Körpern widerspiegeln. Und Du bist mitten unter ihnen.“

Dem Mann reichte es. Er warf einen Geldschein auf den Tisch und forderte die Buntgefärbte mit einer barschen Bemerkung zum Gehen auf. Sicher war ihm in diesem Moment klar geworden, dass die Beobachtung der Mitmenschen nicht einen annähernden Ersatz für ein sinnenfrohes Leben lieferte und er schien sich zu fragen, warum Frauen, die annähernd gleich alt waren, sich so unterschiedlich entwickeln konnten und wieso ausgerechnet er mit dieser klatschsüchtigen Matrone gestraft wurde.

Der Abgang der Beiden erfolgte gerade im richtigen Moment. Vom Eingang näherten sich Alexa und Friedrich von Trostorff, die sofort erschöpft die freien Plätze einnahmen.

„Tut uns leid, dass wir zu spät sind", entschuldigte sich Friedrich abgehetzt, „aber wir mussten noch schnell unsere Gäste zum Flugplatz St. Peter bringen. Die Herren Kajombo – Ihr erinnert Euch?"

Selbstverständlich erinnerte sich Jan. Noch so ein offener Punkt auf seiner Liste.

„Was haben die beiden eigentlich genau hier gemacht? Wollten die nicht jemand besuchen?"

Friedrich von Trostorff griff nach der Weinkarte. Bevor er sich in diese Weinkenntnisse erfordernde Lektüre vertiefte, nickte er zustimmend.

„Ja. Die beiden verdanken ihr Studium einer Patenschaft. So ein kirchliches Hilfsprogramm für Afrika. Ein Ehepaar aus Ostdeutschland hat vor zwanzig Jahren für die beiden Kinder die Patenschaft übernommen und für Ausbildung, Gesundheitsfürsorge und so weiter, gezahlt. Leider fand der Mann ein tragisches Ende. Herr Gerber hat sich umgebracht. Er war Bauingenieur und hatte nach der Wende für diesen Baukonzern gearbeitet, der das Autobahnnetz im Osten ausgebaut hat. Da gab es wohl in seinem Aufgabenbereich einige Ungereimtheiten. Wir haben bei Eurer Hochzeit darüber geredet. Euer zukünftiger Schwiegersohn kannte ihn übrigens."

„Was?", Jan traute seinen Ohren kaum. „Davon habe ich kein Wort mitbekommen."

Friedrich wedelte mit der Weinkarte vor Jans Nase herum.

„Ist das denn so wichtig? Schau lieber mal hier hinein!“

„Dann haben die beiden Afrikaner also hier ihre Wohltäterin besucht, diese Witwe Gerber?“ hakte Marlene nach, weil sie Jans Betroffenheit bemerkte.

„Ja doch. Ist das denn so unnormal? Die Frau ist Rentnerin und lebt in einer dieser neu geschaffenen Seniorenwohnungen im Bad. Die Kajombo-Brüder sind Frau Gerber sehr dankbar, sie sehen die alte Dame als Ersatzmutter, da die eigene ja nicht mehr lebt. In Afrika genießen – im Gegensatz zum jugendwahndurchseuchtem Europa -, betagte Damen ein hohes Ansehen, häufig sind sie Oberhaupt der Familienclans und jedes Sippenmitglied setzt alles daran, deren Wünsche, um nicht zu sagen, Anordnungen, zu erfüllen.“

„Wann reist ihr eigentlich genau ab?“, fragte Alexa, um dem Gespräch endlich eine andere Wendung zu geben.

„Übermorgen. Jan will morgen mit Lorenz Fraasen noch etwas besprechen und ich bin mit Jasmin beim Friseur angemeldet.“

Im weiteren Verlauf des gemütlichen Abends wurden die Kajombo-Brüder nicht mehr erwähnt. Nur bei der Verabschiedung erkundigte sich Magnusson nach der genauen Adresse von Frau Gerber.

Am nächsten Tag, als Marlene sich im Schlafzimmer verschanzte und diverse Kleiderstapel sortierend an die Zusammenstellung der Reiseausstattung machte, erwog Magnusson, noch einmal das Anwesen der Familie Thaut aufzusuchen. Er suchte die am Strand gefundene Uhr mit der Namensgravur ULRIKE heraus. Ein Zufallsfund. War auch der darin eingravierte Name ein Zufall? Die Uhr und die knabenhafte Frau Thaut mussten nichts miteinander zu tun haben. Unter den weiblichen Gästen gab es in jeder Saison sicher mindestens fünfhundert Frauen, die diesen Namen trugen und auch schon mal eine damit gezeichnete Uhr verlieren konnten. Unschlüssig wog er die Uhr auf seiner Handfläche. Was war sie wert? Ist das echtes Gold oder ein Plagiat? Er klopfte vorsichtig an die Schlafzimmertür.

„Was ist denn?“, drang es unwirsch heraus.

„Nur eine Frage, Marlene.“

Erst nachdem er Mitnahmeentscheidungen über fünf zur Wahl stehende Oberhemden, einschließlich farblich harmonierender Pullover getroffen hatte, beugte sie sich taxierend über die Uhr.

„So was findet man heutzutage am Strand? Die Uhr ist echt und wirklich wertvoll. Cartier. Sagt Dir wohl nichts, Jan?“

„Deshalb frage ich Dich. Ich muss noch mal weg.“

Ohne weitere Erklärungen, die Marlene wohl auch nicht erwartet hatte, verließ er die Wohnung.

Das Wind hatte sich nicht so recht für eine klare Ansage entscheiden können. Wehte er anfangs aus Ost, drehte er bald auf Süd, blies von dort eine Weile für die Jahreszeit unnatürlich warme Luft auf Eiderstedt – im südlicheren Deutschland hätte man von Fön gesprochen -, bevor er es wieder mit Ost probierte und die Temperatur deutlich absenkte.

Jan ging während des Fußmarsches seine Vorgehensweise gedanklich durch. Dieses Durchspielen der höchstwahrscheinlich vorzufindenden Situation funktionierte erstaunlicherweise bei körperlicher Bewegung am besten. Mochte es am durch die frische Luft frei werdendem Kopf liegen oder an der besseren Hirndurchblutung, Jan dachte verschiedene Möglichkeiten an, wie er Frau Thaut auf den Zahn fühlen wollte.

Dem Wohnsitz der Familie Thaut näherte er sich zögernd. Er wollte einen Überraschungsmoment schaffen. Denn dass der falsche Herr Fredemann – und dass er nicht der Kaufinteressent mit diesem Namen war, hatten die Jockei-Dame und ihr Alm-Öhi längst heraus bekommen, also dass dieser unbekannte Schnüffler noch einmal auftaucht, damit rechneten die beiden sicher nicht.

Auf sein Klingeln hin sah er durch die Glastür, wie sich die Knabenfrau beschwingten Schrittes näherte. Sie erschien ihm heute in ihrer Grazie und Zierlichkeit noch jungendlicher als bei der ersten Begegnung.

„Sie wünschen?" Zwei kühle blaue Augen schauten erwartungsvoll zu ihm auf, das haselnussbraune, sehr kurz geschnittene Haar betonte die schöne Kopfform.

Jan, der auf einen Überraschungseffekt hingearbeitet hatte, war nun selbst der Verblüffte. Schnell fasste er sich wieder. In seinem Kopf war ein Verdacht aufgetaucht, der sich hartnäckig festsetzte.

Die Tochter! Der knabenhaften Jockei-Dame wie aus dem Gesicht geschnitten, nur eben ein zwanzig Jahre jüngeres Gesicht. Aber nicht einmal das vermochte ein flüchtiger Beobachter mit Sicherheit auszusagen, dafür war Frau Thaut höchstwahrscheinlich eine Anhängerin dieser Botulin-Spritzerei. Die gleiche Figur, die selben Bewegungsmuster, sogar, trotz des Generationenunterschiedes, der gleiche Modestil. Auch die Tochter wirkte wie ein halbwüchsiger Bursche und betonte das durch schmale Jeans und eng anliegenden Rollkragenpullover. Ausgesprochen maskulin auch das Schuhwerk. Ihre Füße steckten in groben Schnürstiefeln.

Jan fand, dass es Zeit war, in die Offensive zu gehen.

„Ich bin Polizist. Jan Magnusson. Genauer gesagt, pensionierter Polizist. Mit meinem Hund bin ich häufig am Strand. Auch manchmal nachts zu später Stunde. In meinem Alter schläft man nicht mehr so viel."

Seine Hand glitt in die Jackentasche und förderte die wertvolle Uhr zu Tage.

Die kühlen Augen der jungen Frau verengten sich für einen winzigen Moment, als er das Stück auf seiner Handfläche präsentierte.

„Die Uhr gehört Ihrer Mutter, stimmt's?"

Sie zögerte mit der Antwort, dann antwortete sie trotzig „Ja. Sie vermisst sie schon ein paar Tage. Wie kommen Sie in deren Besitz?"

„Wie gesagt, ich war nachts am Strand unterwegs und die Dame, die ich dort sah, glich Ihnen wie eine Zwillingsschwester."

Sie blickte ausdruckslos an ihm vorbei. „Was wollen Sie damit sagen?"

„Das wissen Sie ganz genau." Magnusson täuschte sich nicht. Die Tochter glich nicht nur in ihrer Erscheinung der Mutter, sie verfügte auch über deren kühle Beherrschung.

„Sie haben mit ihrer Mutter gemeinsam die Ermordung Ihres Vaters beschlossen und ausgeführt. Kalt berechnend haben Sie ihre verblüffende Ähnlichkeit ausgenutzt. Jeder Zeuge hätte auf ein paar Meter Entfernung einen Eid geschworen, dass Ihre Mutter an Bord des Segelschiffes in

Kiel ging. Auf der Kieler Förde segelten allerdings Sie mit einer Freundin. Ich nehme an, als Sie das letzte Mal mit Ihrer Mutter gemeinsam dort waren, trugen Sie sowohl eine andere Frisur, als auch einen anderen Kleidungsstil. Genau so, wie die Freundin, die Sie später berechnender Weise einluden. Und ich möchte wetten, diese Freundin wohnt zumindest weit entfernt von hier oder gar im Ausland. Von dem Mord hat die garantiert nichts gehört. Für den Hafenmeister jedenfalls war klar: Frau Thaut machte gemeinsam mit der Tochter einen Segeltörn."

Die junge Frau musterte ihn geringschätzig und verschränkte die Arme vor der Brust.

„Sie können gar nichts beweisen. Und jetzt verschwinden Sie."

Ganz schön dreist für ihre Jugend, dachte Magnusson. Na ja, der Apfel fällt bekanntlich nicht weit vom Stamm. Er wollte sie weiter in dem Glauben lassen, er habe die Mutter nachts am Strand beobachtet.

„Ihre Mutter und deren Freund, dieser Herr Urikon, haben gemeinsam Ihren Vater niedergeschlagen, an den Strand gebracht und der Flut überlassen. Dabei hat Ihre Mutter die Uhr verloren. Dann hat sie die Pferde auf die nächstgelegene Koppel gestellt. Damit sollte der Verdacht auf einen anderen gelenkt werden. Es gab mit Sicherheit irgendwelche Drohgebärden aus dem beruflichen Umfeld Ihres Vaters. Diese Gelegenheit haben Sie ausgenutzt. Am nächsten Tag liefen Sie in den Flensburger Hafen oder einen anderen Hafen an der Ostküste ein, wo die Freundin von Bord ging und wenig später ihre Mutter auftauchte. Es war sicher nicht schwer, unterwegs Ihr Erscheinungsbild dem der in Kiel an Bord gegangenen Person wieder anzupassen. Alle die von der Polizei in Kiel befragt wurden, sagten jedenfalls übereinstimmend aus, dass Frau Thaut und Tochter gemeinsam aus- und wieder eingelaufen seien. Sie müssen Ihren Vater sehr gehasst haben, dass Sie da mitgemacht haben."

Sie schlug ihm die Tür vor der Nase zu. Na bitte – er hatte ins Schwarze getroffen. Diese Freundin ahnte nicht, wozu sie mit der Einladung zu dem kurzen Segeltörn benutzt wurde.

Magnusson kramte sein Handy hervor und rief Sören an. Sollten die Jungen sich darum kümmern, dieses Luder dingfest zu machen. An die Mutter heranzukommen, dürfte etwas schwieriger sein, jedoch nicht unmöglich. Die Schweiz war nicht die Bahamas. Europol reagierte fahndungstechnisch sehr schnell. Ab sofort würden die Jockei-Dame und ihr gerissener Almbauer keine ruhige Minute mehr haben.

Durch die Glasscheibe der Tür sah er, wie sie ebenfalls telefonierte. Mit der sauberen Frau Mama natürlich, mit wem sonst. Dann verschwand sie aus seinem Blickfeld. Er hörte, wie der Wagen in der Garage gestartet wurde. Was glaubte die, wie weit sie kam? Ihre einzige Chance bestand darin, ein Flugzeug auf dem kleinen Flugplatz in St. Peter-Ording zu chartern und dort erwarteten sie bereits Sören und Wencke. Sollte sie den Weg über die Landstraße zur Autobahn wählen, setzten die Polizeifahrzeuge der Kollegen ihrer Flucht eben so schnell ein Ende.

Magnusson fühlte sich zufrieden wie schon lange nicht mehr. Er gehörte eben doch noch nicht zum alten Eisen.

25.

„Hu, Hu! Herr Magnusson!"

Neckisch winkte Frau Brausewetter ihm zu und schwenkte etwas in ihrer Hand.

Jan verdrehte genervt die Augen. Auch das noch. Sein Tagesprogramm sah für heute eigentlich anders aus. Mit dem Rasenschnitt wäre er in einer halben Stunde fertig gewesen und dann wollte er zu dieser Witwe Gerber, anschließend sich bei Sören nach dem Stand der Dinge in Sachen Frau Thaut erkundigen und Lorenz Fraasen stand auch noch auf seiner Liste … Diese Thaut-Tochter hatte jedenfalls genau das versucht, womit er rechnete. Die tauchte tatsächlich gestern am Flughafen auf und lief damit Sören und Wencke quasi in die Arme. Er wollte unbedingt vor seinem Abflug noch wissen, ob deren Mutter und Urikon gefasst waren.

„Schnell noch den Garten vor dem Urlaub in Ordnung bringen, was?"

Frau Brausewetter ließ ihn gar nicht erst zu Wort kommen.

„Ist bei uns genau so. Hinnark hat immer zu tun. Ich sehe ihn kaum. Seine Garage ist für ihn wie ein Zweitwohnsitz. Ständig werkelt er dort mit irgendetwas herum und ich darf ihn bloß nicht dabei stören. Dann wird er giftig. Da sind Sie ganz anders, Herr Magnusson, ganz anders. Sie haben immer ein offenes Ohr für mich."

Widerstand zwecklos, dachte Magnusson und ließ das Geräusch des Rasenmähers ersterben.

„Was haben Sie denn da?" Er spähte auf die Papiere in ihrer wild gestikulierenden Hand.

„Schauen Sie sich das mal an. Herr Magnusson, das wird Sie interessieren! Die Egelmannsche ist nach Hamburg abgerauscht und er, der Egelmann hat jetzt völlig durchgedreht. Der kommt aus der Psychiatrie nicht mehr raus, sage ich Ihnen. Nein, wie der sich neulich aufgeführt hat …, also wenn da Doktor Eichenwald nicht zufällig in der Nähe gewesen wäre …"

„Vorladung … Dezernat für Wirtschaftskriminalität …", las Magnusson halblaut und pfiff durch die Zähne. „Na ja, wenn dieser Herr Egelmann nicht vernehmungsfähig ist, läuft das ziemlich ins Leere."

„Genau darauf baut doch seine Frau", zischte Frau Brausewetter wütend. „Ich habe doch mit eigenen Ohren mitgehört, wie die ihn beschuldigt hat. Die Egelmann hängt da mit drin, die tut nur so, als wisse sie von nichts."

„Würden Sie dahingehend eine Aussage machen, Frau Brausewetter?"

Der füllige Körper straffte sich. Frau Brausewetter war sich der Bedeutsamkeit ihrer Zeugenschaft bewusst.

„Ja, das will ich, Herr Magnusson. Alles, was ich gehört habe, werde ich erforderlichenfalls vor Gericht wiederholen."

Magnusson nickte nachdenklich. „Gut. Dann werde ich dort mal anrufen. Wissen Sie, wo sich diese Frau Egelmann gegenwärtig aufhält?"

„Keine Ahnung. In einem Hamburger Hotel, nehme ich an. Das Haus in St. Peter-Ording will sie jedenfalls verkaufen. Ich muss dann mal weiter, sie wissen ja jetzt Bescheid."

An der Pforte drehte sich Frau Brausewetter noch einmal um und winkte ihm genau so neckisch zum Abschied zu, wie vorhin bei der Begrüßung. Jan Magnusson sah von seiner Gartenarbeit nicht mehr auf. Er musste endlich mit dem Rasen fertig werden, wollte er doch noch diese Witwe Gerber aufsuchen. Marlene war sowieso beim Friseur. Das konnte Stunden dauern. Und da Jasmin sie begleitete, musste er darauf gefasst sein, dass die beiden anschließend durch irgendwelche Läden bummelten. Wie Frauen das so machen, wenn sie kurz vor einer bevorstehenden Reise bestürzt feststellen, dass ausgerechnet die Seidenstrümpfe fehlen oder der Badeanzug nicht ihren momentanen Ansprüchen genügt.

In Marlenes Haar steckten zahlreiche, vom Kopf abstehende Silberfolien. Das ganze gab ihr ein futuristisches Aussehen. Der Aufwand diente dazu, den zunehmenden Grauanteil in einen natürlich wirkenden Farbton zu verwandeln. Entsetzt hatte sie den Vorschlag der Friseurin, es einmal mit einem leuchtenden Rot zu versuchen, zurückgewiesen. Jan würde der Schlag treffen. Nein, auf solche Experimente, die nicht zu ihr passten, wollte sie lieber verzichten. Sie blickte immer wieder kopfschüttelnd auf ihre Armbanduhr. Jasmin wollte längst da sein. Wahrscheinlich verschlafen. Nicht einmal auf die Handyanrufe reagierte sie. Typisch für die Jugend. Die konnten problemlos bis Mittag durchschlafen, in Marlenes Alter genügte immer weniger Nachtschlaf, dafür geschah es jetzt öfters, dass sie nach dem Mittagessen einfach wegdämmerte und ihr die Lektüre von der Couch auf den Boden glitt.

Marlene vertiefte sich wieder in die Frauenzeitschrift in ihren Händen. So was trug man also in dieser Saison. Figurbetonte, kurze Kleider und Stiefel, die aussahen, als wollten die Mädchen damit durchs tiefe Wasser waten. Sie reichten bis an die Oberschenkel. Kritisch warf sie einen Blick auf ihre eigenen Beine. Sie waren weder dick, noch dünn. Normal eben. In den letzten Jahren hatte sie sich nicht mehr groß mit Mode beschäftigt. Das wichtigste Kleidungsstück ihrer Generation war die Jeans und an denen hatte sie festgehalten. Sie waren zeitlos und praktisch. Nun stand diese Reise bevor: Hotel in einem venezianischen Palazzo. Wirkten Jeans dort nicht deplaciert? Und Jan? Er liebte sie wegen ihrer Ausstrahlung und ihrer Persönlichkeit, aber wie alle Männer konnte er besser gucken als denken. Mit ihrer Figur konnte sie alles tragen, Zeit also für ein bisschen Raffinesse? Warum eigentlich nicht? Bei den Stiefeln wollte sie allerdings auf ein klassischeres Modell zurückgreifen. Wenn der Schaft bis ans Knie reichte, genügte das selbst bei Überflutung des Markus-Platzes völlig. Dafür durften die Absätze höher sein als gewöhnlich. Viel höher.

Zwei Stunden später erkannte sich Marlene selbst nicht wieder. Die Friseurmeisterin hatte ihr eine verblüffend einfache und zugleich raffiniert wirkende Hochsteckfrisur gezeigt, welche sie ohne großen Aufwand jeden Morgen selbst hinbekam. Dazu ein Make-up, das sie mindestens fünf – ach was – zehn Jahre jünger machte. Schade, dass Jasmin nicht erschienen war. Gemeinsam hätte dieser Vormittag noch mehr Spaß gemacht.

Die Seniorenwohnanlage war erst vor wenigen Jahren entstanden. Hier, im Ortsteil Bad konnten die älteren Herrschaften mit wenigen Schritten die Dünen-Therme erreichen, ein kleiner Supermarkt und einige interessante

Geschäfte verlockten zum Einkaufsbummel und über die Seebrücke führte der Weg direkt an den Strand. Im Bad gab es immer etwas zu sehen: Jede Menge Kurgäste, Familien mit Kindern, Wassersportler mit ihren aufwendigen Ausrüstungen, allerhand Möglichkeiten zum Flanieren und Gaststätten für jeden Geschmack und jeden Geldbeutel. Dazu der phantastische Blick über den ausgedehnten Strand. Nicht, dass Jan die Ruhe und Beschaulichkeit seiner Wohnung im Dorf gegen dieses Gewimmel eintauschen mochte, aber er musste zugeben, dass auch die Lebendigkeit hier etwas für sich hatte. Gerade für alte Menschen, die nicht mehr gut zu Fuß waren, bot ein Sitzplatz in einem der Straßencafes oder auf einer Bank das Vergnügen, sich im Leben noch mittendrin zu fühlen. Vielleicht sollte er diese Seniorenwohnanlage nicht nur unter dem Aspekt seiner berufsbedingten Neugier aufsuchen, sondern auch in der weisen Voraussicht, dass er und Marlene in spätestens zwanzig Jahren – sollten sie es denn erleben -, einer solchen Wohnform bedürfen würden.

So setzte er seinen Fuß erwartungsvoll in den Empfangsbereich der Seniorenwohnanlage. Er betrat eine in harmonisch sanften Farben gestrichene Lobby, es duftete nach irgendwelchen Räucherstäbchen oder Aromaölen. Die ausladenden Polstersessel besaßen genau die richtige Höhe, um auch mit einer Kniegelenks- oder Hüftarthrose sich wieder ohne fremde Hilfe daraus erheben zu können, durch den Raum schwebten die Klänge einer asiatischen Entspannungsmusik. Dieser Raum erinnerte mehr an ein niveauvolles Hotel, als an eine Seniorenresidenz. Jan nickte anerkennend, dann wandte er sich an die an der Rezeption sitzende junge Dame. Freundlich lächelnd erklärte sie sich bereit, bei Frau Gerber anzufragen, ob die Bewohnerin ihn empfangen wolle. Er musste keine Minute warten, dann zeigte sie ihm den Weg zum Aufzug und nannte die Zimmernummer.

Frau Gerber stand bereits in der geöffneten Tür ihres Appartements, als er aus dem Aufzug trat.

Die alte Dame war schlank, sie trug ein bunt geblümtes Kleid mit altmodisch plissiertem Rock, die Kurzhaarfrisur kringelte sich in lauter kleinen weißen Löckchen auf ihrem Kopf. Ihre Gesichtszüge wirkten zwar von einem wahrscheinlich nicht leichten Leben gezeichnet, trotzdem strahlte Güte und Freundlichkeit hindurch. Nichts da von der so häufig bei alten Menschen anzutreffenden Verbitterung oder Depression. Ihre kleinen, dunklen Augen betrachteten ihn neugierig und huschten flink über seine Gestalt.

„Herr Magnusson? Was führt Sie zu mir?"

Die schmale, knochige Hand drückte die seine mit erstaunlicher Festigkeit. Sie sprach mit einer Dialektfärbung die er nicht einzuordnen vermochte. Ostdeutschland jedenfalls. Thüringen? Sachsen? Oder Brandenburg?

„Ich bin pensionierter Polizist, Frau Gerber. Sie wissen ja, wie das ist. Als Rentner hat man auf einmal viel Zeit und weiß noch nicht so recht, was man damit anfangen soll. Ich habe vor kurzem zwei junge Herren aus Malawi kennen gelernt, die mir sehr interessante Dinge erzählt haben. Leider sind sie bereits wieder abgereist. Ich dachte, ich könnte vielleicht mit Ihnen ein bisschen weiter plaudern … Die beiden haben von Ihnen gesprochen."

Ihre fast schwarzen Augen glänzten wie Vogelaugen bei der Erwähnung der Brüder Kajombo.

„Sie kennen Chinayi und Abibo? Das freut mich aber sehr. Nun kommen Sie aber erst einmal herein, hier zwischen Tür und Angel ist es doch recht ungemütlich. Ein Schälchen Heeßen?“

Sie lächelte, als er irritiert mit den Lidern schlug.

„So sagt man bei uns zu einer Tasse Kaffee, Herr Magnusson. Ich komme aus Sachsen. Uns sagt man ja nach, wir Sachsen seien helle, heeflich und heemtückisch, aber Letzteres dürfen sie nicht allzu wörtlich nehmen. Ich freue mich jedenfalls über ihren Besuch, denn ich kenne kaum jemand in der Gegend.“

Frau Gerber begann Geschirr aufzutragen, bediente nebenan eine Kaffeemaschine und stellte eine kostbar anmutende Porzellanschale mit Gebäck auf den Tisch. Der Raum, in den sie ihn geführt hatte, war mit schweren Eichenholzmöbeln bestückt, die sicher einmal für größere Wohnräume gedacht waren. Das altersdunkle Holz mit den schweren Löwenfüßen und den gedrechselten Verzierungen stand vor einer blau-weiß gestreiften Tapete und die Fenstervorhänge aus taubenblauem Satin sowie die mit gleichem Stoff bezogenen Polstermöbel versuchten den düsteren Eindruck des Mobiliars zu mildern. Auf einer Anrichte standen zahlreiche, bunt bemalte Porzellanfiguren.

Die alte Dame schenkte Kaffee ein und reichte ihm die Gebäckschale zur Bedienung.

„Das Porzellan ist, genau wie die Möbel, ererbtes Gut von meinen Eltern. Die besaßen eine kleine Zigarrenfabrik in Meißen. Natürlich alles enteignet, als die Russen und später die Partei das Sagen hatten.“

Er nahm vorsichtig einen Schluck von dem heißen Kaffee und sie beobachtete ihn dabei erwartungsvoll.

„Der ist gut, nicht wahr? Das ist kein Bliemchenkaffee!“

„Bliemchenkaffee?“

Sie kicherte wie ein junges Mädchen und hielt sich dabei die Hand vor den Mund.

„So sagt man bei uns. Wenn Kaffee eingeschenkt wird und man kann durch ihn hindurch die Blümchen auf dem Boden der Kaffeetasse sehen, dann nennt man dieses Gebräu Bliemchenkaffee. Nehmen Sie doch Zucker! Heiß, Stark und Süß soll der Kaffee sein.“

Vorsichtig balancierte er die Kaffeetasse zurück auf die Untertasse und lüftete ebenso behutsam den Deckel der Zuckerdose. Ihrer Bemerkung von vorhin entnahm er, dass es sich hierbei um echtes Meißner Porzellan handeln musste. Nicht auszudenken, wenn eines der kostbaren Stücke zu Bruch ging.

„Wie kommt jemand wie Sie auf die Idee, sich einen Alterswohnsitz an der Nordsee zu suchen?“

Sie hielt elegant die Tasse in der linken Hand, während sie ihm antwortete.

„Durch eine Freundin. Die ist hier her gezogen und hat mich einmal eingeladen. Als sie verstarb, habe ich mich um das Appartement bemüht, denn zu Hause in Sachsen hatte ich ja niemand mehr. Dabei kam mir zustatten, dass ich eine Entschädigung vom Staat für das damals enteignete Eigentum meiner Eltern erhielt. Von meiner Witwenrente wäre dieser Alterswohnsitz nicht finanzierbar gewesen.“

Magnusson wurde hellhörig. „Ist Ihr Gatte schon länger verstorben?“

Plötzlich blickten die flinken, dunklen Augen finster auf die gehäkelte Tischdecke.

„Mein Mann, Herr Magnusson, ist nicht einfach so verstorben. Er hat sich das Leben genommen, weil er den Machenschaften und Manipulationen um sich herum nicht mehr gewachsen war. Er war Bauingenieur und nach dem Untergang der DDR bei einer Behörde beschäftigt. Tiefbau, um genau zu sein. Ein tüchtiger Fachmann, nie gab es Kritik an seiner Arbeit. Bis dieser Egelmann zu ihm ins Büro gesetzt wurde."

Magnusson hielt die Tasse vorsichtshalber mit beiden Händen fest. Egelmann! Also gab es eine Verbindung zwischen Frau Gerber und den Egelmanns. Wie er ihren Worten entnehmen konnte, war diese Verbindung für ihren Mann tödlich ausgegangen. Und die Kajombo-Brüder? Wieso drehte dieser Egelmann neuerdings durch, wenn ein Farbiger in seiner Nähe auftauchte?

„Ihre Worte lassen darauf schließen, dass Herr Egelmann einen unguten Einfluss auf die Arbeitsergebnisse Ihres Gatten hatte?"

Magnusson versuchte, den Satz eher belanglos klingen zu lassen. Eine Plauderei mit einer alten Dame, mehr nicht.

„Ungut?", sie vermochte ihre Empörung kaum zu verbergen. „Dieser Mensch hat ihn auf dem Gewissen! Der Arbeitgeber hat meinem Mann Dinge vorgeworfen, die dieser niemals getan haben kann, das weiß ich genau. Schließlich war ich mit meinem Kurt neununddreißig Jahre verheiratet. Das war ein redlicher Mensch. Dieser Egelmann dagegen …

Wissen Sie, das Leben in der Diktatur war sehr unerfreulich. Man hat uns ja damit die ganze Jugend genommen.

Wer sich nicht anpassen wollte und halbwegs aufrecht blieb, der brauchte schon sehr viel Charakterstärke. Der Egelmann dagegen, das war einer von der Sorte, die mit den Wölfen heulten und ihre Fahne nach jedem gerade herrschenden Wind hängten. Ein Wendehals."

Magnusson schaute sie erwartungsvoll an. Doch der Redestrom versiegte. Also musste er ein wenig nachhelfen.

„Sie wissen natürlich, dass dieser ehemalige Kollege Ihres Gatten seinen Wohnsitz ebenfalls nach St. Peter-Ording verlegt hat?"

Frau Gerber saß kerzengerade auf ihrem satinbezogenen Sessel und zuckte mit keiner Wimper.

„Das weiß ich sehr wohl. Sie können sich meine Verbitterung vorstellen, als ich sah, in welch' kommode Lebensverhältnisse der sich eingerichtet hat. Ich frage Sie, Herr Magnusson, wie kann sich ein Beamter auf mittlerer Leitungsebene solch einen Lebensstandard leisten? Offensichtlich fragte sich das außer mir niemand, denn dieser Mann lebte bis vor kurzem völlig unbehelligt."

Oh ha, dachte Magnusson. Bis vor kurzem! Weiß' sie etwas von der Vorladung vor Gericht oder hat ihre Bemerkung einen anderen Grund?

„Sie meinen, Herr Egelmann war in gewisse Unregelmäßigkeiten, um nicht zu sagen, Manipulationen im Amt, involviert?"

„Jawohl, Herr Magnusson. Dieser Mann hat sich mit unsauberen Geschäften bereichert und die Schuld einfach meinem Kurt angelastet. Der war dessen Tricks gar nicht gewachsen, viel zu geradlinig."

Er wagte einen Vorstoß. „Das ist wirklich bitter. Vor allem, wenn es keine Möglichkeit gibt, diese Machenschaften aufzudecken."

„Nee, damals nicht, dafür war dieser Egelmann viel zu gerissen."

Jan schwieg einen Moment. „Kennen Sie einen Herrn Fraasen? Lorenz Fraasen? Er müsste beruflich mit ihrem Mann zu tun gehabt haben." Sie schenkte Kaffee nach und reichte ihm nochmals die Gebäckschale. „Nein. Nie gehört. Aber lassen Sie uns von etwas erfreulicherem reden. Sie kennen also meine beiden Schützlinge Chinayi und Abibo? Wo haben Sie sie kennengelernt?"

Magnusson erzählte von der merkwürdigen Begegnung.

Die alte Dame lebte sichtlich auf. Wieder kicherte sie mädchenhaft hinter vorgehaltener Hand.

„Ja, ja, die beiden waren sehr fleißig. Wenn alles gut geht, haben sie in ein paar Monaten ihren Doktor in der Tasche. Ich habe mich sehr gefreut, als sie mich besuchten. Wissen Sie, das Verhältnis zu den Älteren ist bei den Afrikanern eben anders als bei uns. Die beiden jungen Männer würden einfach alles für mich tun und sie interessieren sich für das, was ich sage. Wo finden Sie denn das in unserer Gesellschaft noch? Hier ist man doch bereits ab Vierzig nicht mehr mitsprachewürdig. Einfach ist ihre Tätigkeit dort unten natürlich nicht, das können sie sich ja denken. Es fehlt manchmal an den einfachsten Dingen. Vor allem fehlt es natürlich an Geld, um das Krankenhaus mit einem europäischen Verhältnissen vergleichbaren Standard auszurüsten."

Magnusson fixierte sie und stellte die Frage, welche ihm seit Beginn des Gespräches immer wieder beschäftigte.

„Empfinden Sie es da nicht als furchtbar ungerecht, dass dieser Egelmann mit Korruptionsgeldern – und um solche handelt es sich, machen wir uns nichts vor – ein Leben in Saus und Braus führt, während die beiden Kajombos kaum die nötigen Medikamente für ihre Klinik bezahlen können?“

Die Witwe Gerber wich seinem Blick nicht aus. Ihre schwarzen Vogelaugen glänzten belustigt.

„Ach wissen Sie, Herr Magnusson, es gibt da so ein Sprichwort: Man soll den Tag nicht vor dem Abend loben. Dieser Egelmann …“, in ihr Gesicht trat ein Lächeln, „… dieser Egelmann ist ein Verbrecher und ich denke, auch für so einen, der sich für unangreifbar hält, findet das Schicksal Möglichkeiten, ihn eines besseren zu belehren.“

„Das Schicksal, Frau Gerber? Wird das Schicksal nicht wesentlich von Menschen beeinflusst? Beispielsweise von Menschen, die über Fähigkeiten verfügen, die in unseren Breitengraden nicht gerade üblich, ja geradezu unbekannt sind?“

Sie reagierte nicht erstaunt. Was sollte er ihr auch anhaben können? Jeder Afrika-Tourist hört gelegentlich etwas über Voodoo. Die intimen Kenntnisse dieser Naturreligion sind nicht strafbar. Ferdinand Egelmann war nach Hamburg gefahren, hatte dort kurz mit den Angestellten der Bank geplaudert, sein Schließfach besucht und war wieder gegangen. Er war allein gewesen und keiner der Banker bemerkte auch nur die geringste Unregelmäßigkeit an diesem Vorgang oder seinem Verhalten.

„Was wollen Sie damit sagen, Herr Magnusson? Dass Herr Egelmann sein gewohntes Leben nicht fortsetzen kann, hat doch mit mir nichts zu tun.“ Sie beugte den

Kopf zu ihm, richtete ihre schwarzen Knopfaugen fest auf die seinen und flüsterte: „Wenn jemand über Fähigkeiten verfügt, die nicht bekannt oder zumindest nicht wissenschaftlich anerkannt sind, dann kann er mit etwas, was es nicht gibt, ja auch keinen Schaden anrichten. Und was es nicht gibt, findet sich auch in keinem Strafgesetzbuch. Oder meinen Sie, ich habe mir irgendetwas vorzuwerfen?“

„Nein, das glaube ich nicht, Frau Gerber. Wenn ich auch die Wege des Schicksal, wenn wir bei diesem Begriff bleiben wollen, etwas exotisch finde …“

„Einigen wir uns doch einfach auf ausgleichende Gerechtigkeit“, schlug sie schmunzelnd vor, „eine Gerechtigkeit, die manchmal verschlungene und nicht immer mit der Justiz konforme Wege geht. Sehen Sie es doch einmal von der anderen Seite: Eine malawische Klinik verfügt seit kurzem über einen komplett ausgestatteten Operationssaal, wo es vorher überhaupt keine Behandlungsmöglichkeit auf chirurgischem Gebiet gab, und wir sprechen hier über ein Einzugsgebiet, welches annähernd so groß ist wie Schleswig-Holstein.“

Magnusson stand auf. Die Witwe Gerber erhob sich ebenfalls und streckte ihm ihre schmale, knochige Hand entgegen.

„Ihr Besuch hat mich sehr erfreut, Herr Magnusson. Wenn ich auch nicht damit gerechnet hatte.“ Die dunklen Vogelaugen blinzelten amüsiert.

Auf dem Flur drehte er sich noch einmal um.

„Mit Verlaub, Frau Gerber, Ihr Spruch über die Sachsen stimmt: Helle, höflich und heimtückisch.“

26.

Jasmin hätte sich Ohrfeigen können. Konnte sie aber nicht. Ihre Hände waren hinter dem Rücken zusammengebunden und schmerzten inzwischen genauso wie die aneinander gefesselten Fußgelenke. Außerdem war das mit den Ohrfeigen gar nicht mehr nötig, da hatte sich Lorenz schon ausgetan. Ihre geschwollenen Wangen brannten und das quer über den Mund befindliche Klebeband erhöhte den Schmerz noch zusätzlich.

Wie konnte sie nur so blöd sein und Lorenz auf eigene Faust zur Rede stellen. Viel vernünftiger wäre es gewesen, die brisante Seite aus seinem Notizbuch an ihren Vater zu übergeben. Stattdessen versuchte sie ihn zu einer Selbstanzeige zu bewegen. Dieser Versuch war gründlich schief gegangen. Als sie ihm diese Seite vor die Nase hielt, war Lorenz zuerst blass geworden, dann zornrot. Seit wann sie ihm nachschnüffele, wer etwas davon wisse und was sie noch alles ausspioniert habe … Die Fragen prasselten nur so auf Jasmin herab.

Als sie darauf nicht einging, sondern etwas von Kronzeugenregelung und Strafmilderung stammelte, schlug Fraasen zu. Sie erkannte den charmanten Verführer nicht wieder. Wie hatte Paps immer gesagt? Ölig sei der. Nein, Lorenz war nicht ölig, sondern eiskalt.

Er holte aus seiner Jackentasche eine Pistole hervor, hielt sie ihr an die Hüfte, umfasste sie mit dem anderen Arm und warf ihr seinen Trenchcoat über die Schultern. Sie so gezwungen im Arm haltend, verließ er mit ihr das Appartement und besaß sogar die Frechheit, Arm in Arm mit ihr an der Rezeption die Ausfertigung der Rechnung zu fordern.

Dann dirigierte er sie zum Parkplatz, drückte sie auf den Beifahrersitz seines großen schwarzen Geländewagens, drohte, sie sofort zu erschießen, wenn sie sich irgendwie bemerkbar machen sollte und fuhr mit ihr Richtung Katinger Watt. Dort, auf einem einsamen Waldweg fesselte er sie an Hand- und Fußgelenken, klebte ihr den Mund zu , schubste sie auf die Ladefläche und warf einige Wolldecken über sie.

Jasmin wagte keine Bewegung. Ihr war schon klar, das er keine leeren Drohungen aussprach. Der Lorenz Fraasen in den sie sich verliebt hatte, war nicht der wirkliche. Seine eigentliche Persönlichkeit zeigte er erst jetzt. Oder war sie nur blind gewesen, hatte nicht sehen wollen, was für andere offensichtlich war? Dass ihr Vater ihn nicht mochte, tat sie lächelnd ab. Paps war eifersüchtig wie auf jeden ihrer Freunde. Wenn sie daran dachte, wie geringschätzig er den Surflehrer voriges Jahr abfertigte …, dabei war das nur so ein Abenteuer, einen Sommer lang. Bei Lorenz dagegen wollte sie von Anfang an eine feste Beziehung. Als er ihr den Antrag machte, fühlte sie sich wie im siebenten Himmel. Ihren Kindern würde es einmal gut gehen, dachte sie. Und jetzt? Der Traummann hatte sich als eiskalter Geschäftsmann entpuppt, der nicht einmal sie verschonen wollte, um das Ergebnis seiner Machenschaften zu sichern. Ihre Naivität und Verliebtheit hatten sie in diese Lage gebracht. Ob sie das überleben würde? Wo wollte Lorenz mit ihr hin?

Er startete den Wagen und fuhr mit hoher Geschwindigkeit wieder auf die Landstraße. Nach kurzer Zeit parkte er ein und stieg aus. Jasmin hörte Menschen am Wagen vorlaufen und reden. Aus den Gesprächen der Leute entnahm sie, dass er zurück zum Hotel gefahren war und der Wagen irgendwo in der Nähe der Dünen-Therme stehen musste. Für einen Moment erwog Jasmin, mit Händen und Füßen gegen die Karosserie zu trommeln, verwarf den Gedanken aber wieder. Bevor die Passanten auf sie aufmerksam würden, könnte Lorenz das Auto schnell wieder starten. Es dauerte auch nicht lange, da erschien er wieder, stellte Gepäck in den Wagen und fuhr mit ihr davon. Offensichtlich hatte er das Hotelappartement geräumt und bezahlt.

Niemand würde sie vermissen. Für die Hotelangestellten waren Herr Fraasen und Begleitung abgereist. Doch, jemand würde sie vermissen! Hoffnungsvoll dachte Jasmin an Marlene. Mit der war sie zu dieser Stunde beim Friseur verabredet. Wenn Marlene im Hotel anrief und dort gesagt bekam, Jasmin Magnusson sei abgereist, würde sie nachforschen. Ohne eine Nachricht an ihren Vater verschwand die Tochter nicht einfach. Jasmin setzte ihre ganze Hoffnung auf Marlene.

Jan Magnusson griff sich in die Brusttasche. Natürlich, das Handy lag zu Hause. Er konnte sich einfach nicht daran gewöhnen, das Ding ganz selbstverständlich einzustecken. Früher war das einfacher, im Polizeiwagen stand der Funk ständig zur Verfügung. Er war direkt von der Witwe Gerber weg in dieses italienische Restaurant gegangen. Nun saß er schon eine Stunde hier und wartete auf Fraasen. Er war ohnehin gegen ihn aufgebracht und wollte dem endlich ein paar unangenehme Fragen stellen.

Zuerst war es ihm ganz recht, hier noch allein zu sitzen. Das Gespräch mit der älteren Dame war schon starker Tobak, den es erst einmal zu verdauen galt.

Wie die sich des Egelmanns bedient hatte, um den Freitod ihres Gatten zu rächen und nebenbei eine ganz persönliche Entwicklungshilfe zu leisten, das war schon gekonnt. Selbst wenn der Mann nicht ein Fall für die Psychiatrie geworden wäre, hätte der kaum Anzeige bei der Polizei erstatten können. Die üblichen Fragen, wie er denn um sein Geld gebracht worden sei, ließen sich nicht glaubwürdig beantworten. Mal ganz abgesehen davon, aus welchen Quellen dieses Geld stammte. Magnusson konnte sich die Gesichter der den Fall aufnehmenden Kollegen im Polizeirevier ganz genau vor seinem geistigen Auge vorstellen. Ja, er konnte sogar hören, was sie gesagt hätten, denn das selbe hätte auch er gefragt:

„So so, schwarze Magie hat sie also gezwungen, in Hamburg in eine Bank zu gehen und ihr Schließfach zu räumen? Sind sie mit einem Alkoholtest einverstanden? Außerdem würden wir sie gern noch auf Drogen testen. Nehmen sie irgendwelche Psychopharmaka? “

So eine harmlos erscheinende alte Dame mit ihrem Seidensatin und all den Porzellanfiguren. Dabei hatte sie es faustdick hinter den Ohren. Wie das genau abgelaufen war, würde er wahrscheinlich nie erfahren. War auch nicht nötig. Was er wusste, genügte. Nun war er tatsächlich auf Afrika gespannt. Er musste diesen Kontinent endlich selbst erleben. Vielleicht ergaben sich auf dieser Reise ein paar erhellende Momente.

Er schaute zum wiederholten Mal wütend auf seine Armbanduhr. Dieser ölige Fraasen hielt es nicht für nötig, am

Treffpunkt zu erscheinen. Ihm graute bei der Vorstellung, dass sein kleines Mädchen in absehbarer Zeit die Ehefrau dieses Kotzbrockens werden wollte.

Eigentlich sollte er zu dem ins Hotel marschieren und ihm mal ordentlich die Meinung sagen. Klare Verhältnisse für die Zukunft schaffen, sozusagen. Er verwarf den Gedanken wieder. Der aalglatte Typ fertigte ihn garantiert mit irgendwelchen geschliffenen Phrasen ab und er, Magnusson, der ihm rhetorisch weit Unterlegene, stände dumm da. Verärgert klemmte er einen Geldschein für Bier und Pizza unter den Aschenbecher und ging.

Marlene wollte das hautenge Kleid schon wieder zurückgeben, dann kam ihr die rettende Idee.

Die Geschäftsführerin kannte ihre Kundin gut und zeigte Verständnis für eine einzuholende zweite Meinung.

„Ich würde das Kleid gern meiner Stieftochter zeigen. Jasmin ist in Modedingen stilsicherer als ich. Könnten Sie es mir für eine Stunde überlassen?"

Selbstverständlich packte es ihr die freundliche Dame ein.

Beschwingt betrat Marlene das Hotel. Sie plante, Jasmin von der Rezeption aus wachklingeln zu lassen. Den geschwänzten Friseurtermin würde sie mit keiner Silbe erwähnen, wenn die junge Frau ihr Okay zu diesem atemberaubenden Kleid gab. Genau richtig für Venedig. Schwarzer Strech-Samt bis an die Knöchel und dazu die hochhackigen Pumps. Wie lange schon trug sie nicht so etwas Ausgefallenes? Und warum eigentlich nicht?

Irritiert hörte sie die enttäuschende Auskunft an der Rezeption, dass Frau Magnusson mit ihrem Begleiter vorfristig abgereist sei. Nein, eine Nachricht sei nicht hinterlegt worden. Die Angestellten konnten auch keinen Grund für die überstürzte Abreise nennen, man habe lediglich vor kurzem das Paar Arm in Arm die Lobby verlassen sehen.

Fraasen prüfte mit einem schnellen Blick die Decken auf der Ladefläche seines Wagens. Jasmin verhielt sich ruhig, er konnte bedenkenlos in die Tiefgarage des Flughafens einfahren. Allmählich kapierte die, dass mit ihm nicht zu spaßen war. Dieses Aas hatte doch tatsächlich hinter seinem Rücken herumspioniert und eine Seite aus seinem Notizbuch heraus gerissen. Eine Seite, die ihm allerhand Unannehmlichkeiten einbringen konnte, wenn sie in falsche Hände geriet. Aber wieso? Woher konnte Jasmin Anhaltspunkte für seine krummen Geschäfte gewonnen haben? Selbst wenn sie hier und dort mal eine Bemerkung am Telefon aufgeschnappt hatte, reichte ihr Grips noch lange nicht, um daraus irgendwelche Verknüpfungen herzustellen. Oder befand sich etwa der Alte auf seiner Spur? Jasmin agierte vielleicht nur als dessen verlängerter Arm. Dieser Magnusson langweilte sich sichtlich und wie alle Schnüffler besaß er einen siebenten Sinn für unsaubere Sachen. Solche wie der konnten das geradezu riechen. Fraasen erinnerte sich sehr gut an die erste Begegnung. Wie der ihn misstrauisch beäugte, kaum seine Abneigung verhehlend …

Eigentlich wäre es sicherer gewesen, Jasmin unterwegs zu beseitigen. Nur, es war ein ernstzunehmender Unterschied, ob er wegen irgendwelcher Wirtschaftsdelikte gesucht wurde, oder wegen Mord. Der Alte würde Himmel und Hölle in Bewegung setzen, um ihn zur Strecke zu bringen.

Nein. Die Sache mit Thaut war schon unangenehm genug. Anzunehmen, dass einer der Subunternehmer den über den Jordan geschickt hatte. Wie dumm von dem, diese kleinen Handwerker und Baubetriebe haben immer noch nicht begriffen, dass sie stets den kürzeren ziehen. Schon die Submissionen sind doch das reinste Schmierentheater. Da wechseln die dick gefüllten Briefumschläge schneller die Hände, als man sich vorstellen kann. Wenn ein Großkonzern Aufträge aus öffentlicher Hand zu vergeben hat, stehen die alle Schlange, dabei wären sie mit Kleinaufträgen von privaten Bauherren auf der sicheren Seite. Bringt zwar nicht so viel ein, rettet aber das Unternehmen im Zweifelsfall in die Zukunft.

Für die, welche die Fäden ziehen, so einträglich wie eine Lizenz zum Geld drucken. Durch die Buchungsvorgänge blickt eh keiner mehr durch und wenn es doch mal zum Prozess kommt, läuft das so ab wie neulich, bei einem Unternehmen mit zahlreichen Aufträgen aus öffentlicher Hand. Einen aus deren Chefetage, den Willmann, kannte er aus Studienzeiten noch recht gut. Sie lagen immer auf einer Wellenlänge, auch Willmann erkannte Lücken im System sofort und wusste sie geschickt für seine Zwecke auszunutzen. Es gab zahlreiche undurchsichtige Transaktionen mit einer verwirrenden Anzahl von Scheinfirmen. Dauerte ewig, bis die Rechnungsprüfer da durch waren. Irgendwann wurde Willmann dann doch noch vorgeladen. Der besaß die unglaubliche Frechheit, sich als völlig mittellos darzustellen. Alles – Porsche, Villa, sämtliche Vermögenswerte –, gehörten seiner Frau, mit der er selbstverständlich in Gütertrennung lebte. Im Verlaufe der sich über Jahre hinziehenden Verhandlungen wurde

Willmann letztlich zu einer Geldstrafe verurteilt. Der erschien im Maßanzug vor Gericht und die angeordnete Pfändung geriet zur Farce. Willmann besaß nur die Kleidung, die er am Leib trug. Teuerste englische Schuhe aus Pferdeleder an den Füßen, aber weder Geldbörse noch Armbanduhr bei sich. Der Gerichtsvollzieher fand nur den Ehering und ein Handy. Beides darf nicht gepfändet werden. Grinsend verließ Willmann damals unter den wütenden Blicken der geprellten Subunternehmer den Gerichtssaal.

Soweit wollte Fraasen es gar nicht kommen lassen. Wer immer auch Thaut umgebracht hatte, er dachte nicht daran, als offene Zielscheibe für irgendwelche Rachewütigen herumzulaufen. In zwei Stunden würde seine Maschine starten. Ausfindig machen würden sie ihn wohl auf seiner spanischen Finca, aber bis die erste Vorladung eintrudelte, verfügte er über genügend Zeit, die weitere Vorgehensweise zu überdenken, seinen Anwalt zu konsultieren und entsprechende Strategien zu entwickeln. Die Steuerfahndung sollte er auch einkalkulieren.

Jetzt musste er erst einmal Jasmin ruhigstellen. Daraus konnten sie ihm später keinen Strick drehen. Ein kleiner Streit zwischen einem Paar, wobei Alkohol im Spiel war. So was kam vor. Er fingerte aus dem Handschuhfach seines Wagens eine Flasche Whisky hervor, drehte sie auf und nahm den ersten Schluck selbst. Beruhigte die Nerven. Dann ging er zu Jasmin.

Widerwillig drehte sie den Kopf weg, als er ihr den ersten Schluck einflößen wollte. Er zeigte ihr den Revolver in seiner Jackentasche und Jasmin trank die halbe Flasche leer. Als der Alkohol zu wirken begann, löste er ihr die

Fesseln. Jasmin konnte kaum noch laufen, er musste sie stützen und in der anderen Hand seine Reisetasche halten.

In der Abfertigungshalle angekommen, brachte er sie zum Wartebereich, suchte eine in einer ruhigen Ecke stehende Lederbank und lud Jasmin dort ab. Die junge Frau war inzwischen völlig betrunken und vermochte die Augen nicht mehr offen zu halten. Er hob ihre Beine auf die Bank und deckte die zusammengerollt Schlafende mit seinem Trenchcoat zu. Für Jeden, der ihn beobachtete, die fürsorgliche Geste eines Mannes, der seiner von der Reise erschöpften Begleiterin etwas Ruhe gönnte. Ringsherum lagerten auf den Bänken zahlreiche Jugendliche einer Reisegruppe, die es sich auf ähnliche Weise während der Wartezeit gemütlich machten. Er konnte davon ausgehen, dass frühestens in zwei bis drei Stunden jemand vom Wachschutz auf Jasmin aufmerksam werden würde und selbst das wäre kein Problem, denn nüchtern wäre sie ja dann noch lange nicht. Wer schenkte schon dem wirren Gerede einer offensichtlich volltrunkenen Frau Glauben?

Bevor Lorenz Fraasen sich zum Abfertigungsschalter seiner Fluggesellschaft begab, suchte er die Toilette auf. Im Spülkasten versenkte er die vorher sorgfältig abgewischte Pistole. Diesen Toilettenbereich frequentierten täglich Tausende, die Waffe war nicht mit ihm in Verbindung zu bringen. Durch die Kontrolle kam er, wie erwartet, problemlos: „Angenehmen Flug, Herr Fraasen!"

Von der eine Etage höher befindlichen, offenen Lounge sah er, während er seinen Kaffee trank, Jasmin auf ihrer Lederbank in der Halle liegen. Die dumme Gans. Wenn sie nicht angefangen hätte, hinter ihm herzuschnüffeln, wäre ihr an seiner Seite ein angenehmes Leben beschieden gewesen. Vielleicht aber auch besser so. Dieser familiäre Anhang behagte ihm von Anfang an nicht. Der Alte steckte seine Nase doch in alles. Vornehmlich in das, was er besser nicht wissen sollte. Lorenz Fraasen war froh, den nun niemals auf seiner Finca beherbergen zu müssen.

Als die Maschine stieg und er in den Sitz gedrückt wurde, wusste er, dass er es geschafft hatte. Er konnte es sich gemütlich machen und aus der Ferne amüsiert beobachten, wie die pedantische Justizmaschinerie sich im Schneckentempo voran arbeitete. Sollte die Schnecke sich in einigen Jahren bis in seine Nähe voran gearbeitet haben, konnte er gegebenenfalls über einen zweiten Wohnortwechsel nachdenken.

„Machen Sie auch Urlaub?" Die reizvolle Schwarzhaarige neben ihm beugte sich ein wenig vor, was ihre tadellose Figur vorteilhaft zur Geltung brachte.

Fraasen lächelte charmant zurück. Na bitte. Auch dafür war gesorgt.

„Irgendetwas stimmt da nicht, Jan. Jasmin haut nicht einfach so ab, ohne sich von uns zu verabschieden. Dafür verstehen wir uns zu gut.", Marlene stand ratlos vor Magnusson.

Der legte resigniert den Telefonhörer wieder auf. „Weder Jasmin, noch Fraasen sind erreichbar. Bei beiden meldet sich nur die Mail-Box."

Er suchte nach Erklärungen für das merkwürdige Verhalten seiner Tochter, fand aber keine.

„Jan, ich muss Dir etwas sagen.", Marlene kaute nervös an ihrer Unterlippe. „Lorenz Fraasen ist … Also: Jasmin besaß Grund zu der Annahme, dass ihr Zukünftiger in irgendwelche Korruptionssachen verwickelt ist. Es scheint so, als habe er zu denen gehört, welche die Fäden zwischen Konzern, Behörden und Subunternehmern in der Hand hielten …"

„Was?" Magnusson fasste sie an den Oberarmen und schüttelte sie. „Wieso erfahre ich erst jetzt, dass Jasmin irgendwelche Anhaltspunkte besitzt? Seid ihr denn wahnsinnig? Weißt Du, was diesem Fraasen zuzutrauen ist?"

„Wir dachten, es sei besser, wenn Jasmin sich selbst erst einmal Gewissheit verschafft, bevor wir Dich ins Vertrauen ziehen. Ohne konkrete Fakten gibt es doch sowieso keine Handhabe."

„Und – was hat sie heraus bekommen?"

„Keine Ahnung, sie hat mir nichts mehr darüber gesagt. Gibt es denn keine Möglichkeit, sie zu finden?"

Magnusson antwortete nicht, er telefonierte schon wieder. Dann legte er erleichtert auf.

„Das Handy lässt sich orten. Wenn sie es eingeschaltet hat."

Zwei Stunden später nahm er seine immer noch volltrunkene, ihn mit glasigen Augen anstarrende Tochter in die Arme. Wohin der Ölige verschwunden war, interessierte ihn nicht. Hauptsache, Jasmin lebte.

ENDE